엄마의

화초

엄마의 화초

박보인 지음

어릴 적에 나는 늘 혼자 놀았다.

고무줄이나 숨바꼭질 놀이에 서툴러서 아이들과 어울리지 못했다. 활달한 동생이 대문 앞으로 아이들을 몰고 와서 놀았지만 나는 그것을 물끄러미 바라보고만 있었다.

가끔 동생이 나를 깍두기로 써 주었지만 나는 그 아이들에게 도움이 되지 못했고 아이들은 나를 빼고 다른 곳으로 가버렸다.

나는 마당에 혼자 앉아 공깃돌을 갖고 놀다가 슬그머니 안방에 들어가 벽장 문을 열고 허리춤에 오는 그곳에 올라선 뒤 벽장 문을 닫았다.

두 팔을 위로 한껏 뻗어 다락의 바닥을 두 손으로 짚은 뒤 양팔에 힘주어 다리를 하나씩 위로 올리며 다락방에 앉게 되면 그때부터 마음 편히 나만의 놀이를 할 수 있었다.

다락방에는 아버지가 읽던 책들이 있었다.

해가 머문 때에는 조그만 들창에 드는 볕으로 밤에는 달빛으로 책을 읽었다.

어느 날 엄마는 문학 전집을 사 주었고 소켓 전등을 달아주었다. 말수가 적고 숫기가 없던 나는 그렇게 책 속으로 빠져들었고 혼잣말을 주절거리며 그것을 글로 쓰면서 나만의 자유를 누렸다.

나는 길을 잃는 것을 두려워한다.

낯선 곳을 찾아갈 때면 다시 돌아오는 것을 대비해 표지판이나 간판에 쓰인 상호를 눈여겨봐 둔다.

글을 쓰는 것이 한 번은 꼭 가야 할 길의 표지판이었다는 것을 꾹꾹 눌러 숨겨왔던 시간이 너무 길었다.

낯선 길이 두려워 사방을 둘러볼 때 떡하니 서서 버팀목이 되어
준 이것에 보란 듯이 기대려고 한다.

혼자서 공깃돌을 튕기던 아이가 뱅 둘러선 아이들 앞에 가위바위
보를 외치고 있다.

제1부 | 수필

1장 엄마, 우리 엄마

2장 여자, 여자, 여자

3장 당신은 소중합니다

"왜 가만히 있냐, 아가. 날도 추운데 얼어 죽으려고. 어흐흐."

울음을 터뜨린 노 보살 앞에 미꾸라지 한 마리가 가만히 머물고 있었다. 그녀가 발을
동동거리다가 차고 있던 염주 팔찌를 빼더니 한 손에 쥔 채 물속으로 손을 넣어 자갈
돌을 헤치고 모래에 구멍을 팠다. 그리고 구멍 속으로 염주 팔찌를 밀어 넣고 죽은 듯
이 자갈돌 위에 누워 있는 미꾸라지를 조심스레 손에 쥐더니 그곳에 함께 넣었다. 그
녀는 그녀만의 의식을 치른 뒤 줄을 선 불자들 뒤쪽으로 휘적휘적 걸어갔다.

— 〈엄마의 화초〉 중에서

제1부

수
필

1장
엄마, 우리 엄마

'크리스마스이브다. 성당에 갔더니 트리가 없어서 서운했다.
신부님이 돈이 없나 보다. 불쌍하다.'
'성당 작은 신부님이 26일 떠나는데 슬프다. 좋은 신부님인데 섭섭하다.'
크리스마스이브인데 성탄 트리가 없던 이유는 우리 모두 모른다.
그러나 엄마는 생활이 검소한 신부님들에게 존경과 함께 애정과 동정을 늘 갖고 있다.
정이 든 신부님의 전별식을 하고 와서 앓아누운 적도 있다.
— 〈엄마의 일기〉 중에서

우리는 엄마와 여행을 떠났다

비를 뚫고 우리는 제주도 공항에 도착했다.

"우와."

활주로에 서 있는 모든 것들을 한쪽으로 밀어붙일 듯이 달려드는 비바람에 탄성을 내지르는 소리가 사방에서 들렸고, 나는 엄마의 작은 체구를 팔로 감아 내 몸에 바싹 붙여가며 걸었다.

제주공항 건물에 들어서자 엄마가 내 팔을 밀쳐내고 보란 듯이 혼자 걷기 시작했다. 게이트에 들어찬 사람들을 요리조리 헤치며 빠져나가는 엄마는 더 이상 89세의 노모가 아니었다. 등을 곧게 편채 돌진하듯 걸어가는 엄마가 씩씩해 보여 좋았다.

마중 나온 조카가 한 손을 들어 보이며 스마트 폰으로 우리의 모습을 담고 있었다.

이미 어두워진 제주도에서 오랫동안 벼려왔던 우리의 여행은 드디어 시작되고 있었다.

나는 제주의 밤바다를 보고 싶어 베란다로 나갔다. 눈앞은 온통 까맣기만 했고, 굉음이 나는 쪽을 향해 한참 서 있으니 흰 거품을 뒤집고 있는 바다가 눈에 들어왔다. 비바람을 삼키는 바다의 아우성 앞에서 나는 조금씩 들뜨고 있었고, 막내와 조카는 거실에 앉아 '마루 투어'라고 이름 지어진 우리의 여행을 기념하는 깃발을 만들고 있었다.

아버지와 고모 셋은 말하는 것을 좋아했다. 그들의 어린 시절, 한국전쟁의 피난 시절을 실제로 내가 겪은 듯이 기억하고 있는 것도 그들의 실감 나는 말재주 때문이다.

그들이 모두 떠난 지금 우리 세 자매 역시 밤새워 말을 하기 위해 만난다.

아버지의 소원은 커다란 집에 고모들을 불러들여 함께 지내는 것이었다. 아버지가 경제적으로 풍요로웠더라면 엄마는 그들의 먹거리를 준비하며 동분서주하며 시집살이를 된통 했을 것이다. 그들의 말재주를 온전히 닮지는 않았지만 나 역시 삼십 년을 넘게 강사로 지내며 입으로 벌어 살고 있다.

부지런한 엄마의 성화에 못 이겨 나가 본 애월읍의 아침 바다는 점잖았다.

발톱을 숨긴 사자처럼 천천히 파도를 떠밀며 어슬렁거리고 있었다.

동생은 바다를 마주 보고 앉은 채 두 팔을 높이 올려 만세를 하는 사진을 찍으라고 외쳤고, 나는 둘레길 아래로 걸어 내려와 바다를 한참 동안 들여다보았다. 발을 조금만 앞으로 내밀면 아찔한 바다였다.

나는 코앞에 펼쳐진 생생한 바다의 기세에 눌려 점점 작아지고 있었다.

무언지 모를 감정에 휘둘려 꼼짝도 못하고 서 있는데 엄마가 내 이름을 큰 소리로 불러댔다.

아, 정갈한 아침, 바다를 향해 쩌렁쩌렁 울리는 내 이름.

하늘과 바다가 하나인 이곳에서 엄마가 있는 한 내가 숨을 곳은 없었다.

우리는 단체 티셔츠를 입은 뒤 준비된 깃발을 들고 가족사진을 찍은 뒤 이야기로 밤을 거의 지새웠던 숙소를 나섰다.

조카가 준비한 코스를 다니는 동안 우리는 전에 했던 이야기를 다시 하는 서로에게 처음 듣는 듯이 귀를 기울여주면서 때와 장소를 가리지 않고 이야기를 이어갈 것이다.

하늘, 바다, 현무암, 사방의 사물들, 지나가는 사람의 뒤뚱거리는 모습까지 우리의 이야기의 소재는 순간순간 떠오를 테고 우리가 나누는 이야기들, 다음에 만나면 처음 꺼내는 이야기처럼 다시 나누게 될 이야기들을 글로 담아두겠다는 나의 숙제도 반드시 해낼 것이다.

엄마가 갑자기 내 등을 후려치며 말했다.

"네가 노인네야? 허리 펴. 어깨도 쭉 펴고. 엄마 앞에서 늙은 시늉 하지 마."

밤새워 쏟아내던 수다 중에 눈물이 나는 얘깃거리가 있었지만 우리는 아무도 눈물을 보일 수 없었다.

엄마가 꾸벅꾸벅 졸면서도 여전히 말 단속을 했기 때문이었다.

"그딴 거 뭘 끄집어내고 그러냐? 청승 떨지 마. 힘들게 시간 내서 다 같이 모여 좋자고 왔지."

우리는 잠시 잊고 있었다. 비관적이고 감성적이던 아버지와 달리 오늘은 슬퍼도 내일은 유쾌했던 엄마였다는 것을.

엄마의 목소리는 여전히 카랑카랑했고 우렁찼다. 모진 세월을 허풍선이 같은 남편과 이리저리 떠밀리며 살았으니 회한도 많을 텐데 말이다.

우리는 키 작은 노모에게 여전히 이끌려가고 있었다.

조카와 걸어가는 엄마의 등 뒤로 한라산이 안개 속에 가려져 있었다.

엄마의 세례

엄마가 드디어 세례를 받았다.

엄마의 세례교육은 노란 국화가 탐스러울 때부터 시작 되었다.

동생들은 83세인 엄마가 일요일마다 성당에 가는 것이 약장수들의 효도 잔치에 가서 쓸모없는 것들을 이것저것 사들이는 것보다는 낫다고 여겼을 뿐 세례를 위한 6개월의 교육을 마칠 것이라는 기대는 하지 않았다. 하지만 나는 자신이 좋아하는 일에 팔을 걷어붙이고 달려드는 엄마의 고집을 알기에 그 교육을 반드시 마치리라 믿었다.

외가댁은 경북 의성으로 외조부 때부터 천주교를 믿는 집안이었다.

엄마는 9남매의 맏이였다.

아버지의 귀여움을 독차지했던 엄마는 김을 매러 마늘밭에 나가본 적도 없었을 뿐 아니라 대구에 있던 친척 집에서 하숙하며 다닌 일본 소학교의 교육을 자랑으로 여겼다.

엄마는 국민학교 교사와 선을 본 뒤 혼담이 오고 갈 때 그 사람과 결혼하는 것이 싫어 그 먼 곳에서부터 서울의 친척 집으로 도망을 나왔다고 한다.

키가 작고 볼품이 없던 그 교사 대신 허우대가 좋은 반건달 아버지를 만난 것은 엄마의 넋두리처럼 엄마의 팔자인지도 모른다.

아버지는 엄마의 동그란 이마를 예뻐했다. 그래서인지 엄마는 늘 무명실로 이마의 솜털을 밀어 반질반질하게 다듬었다.

질긴 역마살을 감행하던 아버지는 집에 오래 머문 적이 없었다. 부산과 홍천, 제주도 등 지방을 전전했고 아주 가끔 아버지는 편지나 우편 전신환을 보내왔었다. 소식이 오래 끊기고 끼니 걱정 앞에 놓일 때 엄마는 아버지가 아끼던 별표 전축을 전당포에 넘겼다. 그리고 엄마가 아끼던 친칠라 코트까지 전당포에 맡긴 후에야 나는 엄마가 불러 주는 대로 외조부께 편지를 썼다. '아버지, 용서하세요'로 시작하는 편지를 부친 뒤 어느 날 오후 엄마는 짐꾼을 앞세워 외조부께서 소포로 보낸 쌀가마니와 두 접이 넘는 마늘을 찾아왔다.

무척 힘든 세월이었을 텐데 엄마는 다른 형제들처럼 종교 생활을 하지 않았다. 이모들 얘기로는 나보다 세 살 위인 오빠를 소아마비로 잃고 나서 성당을 나가지 않았다고 하는데 자식 잃은 그 속을 누가 헤아릴 수 있을까.

나는 엄마에 대한 수많은 기억과 나의 유년을 더듬느라 새벽까지 잠을 이루지 못했다.

엄마는 벌써 단장을 하고 있었다. 내가 가져온 분홍 재킷 안에 흰 블라우스를 받쳐 입고 뽀얗게 화장을 마친 상태였다.

엄마는 아침밥도 마다했다. 화장실을 드나드는 게 귀찮아서라지만 긴장을 하고 있는 듯했다.

"아버지가 꿈에 오셨더라. 흰 두루마기를 입고 환하게 웃으며 나를 보더니 내 등을 이렇게 두드려 주시더라."

엄마의 얼굴에 꿈에서 뵈었다는 외조부의 환한 얼굴이 투영되었다.

너무 이르다고 말리는 우리 보고 "너희도 늦지 않게 오라"는 당부를 하고 나서 엄마는 총총걸음으로 대문을 나섰다.

세례를 받으러 걸어가는 엄마의 모습이 낯설어 보였다. 모진 풍파를 맞느라 드세기만 했던 모습이 아닌 곱고 정갈한 모습이었기 때문이었다.

순간 '엄마가 돌아가시려고 하나.' 하는 생각이 아주 짧게 스치고 지나갔다. 엄마는 작년에 입은 교통사고 이후 부쩍 쇠약해져 있었기 때문이었다.

의정부 1동 성령강림성당은 한참 걸어야 했고, 두 번이나 횡단보도를 건너야 했다.

꽁꽁 얼어붙던 겨울, 엄마는 이 길을 걸어 다니며 고단했던 세월을 하나둘씩 내려놓았는지도 모른다.

부활 성야 미사가 1부와 2부였고 세례 예식은 3부였다.

성당 안은 부활 대축일 미사를 보러온 신자들로 꽉 차 있었다.

성인 호칭기도, 세례수 축복, 세례 서약 갱신이 계속 진행되었다.

뒤에 서 있던 우리는 앞줄에 자리하고 있을 키 작은 엄마를 찾을 수 없었다.

고령임에도 교육 기간에 한 번의 지각과 결석도 없었다는 칭찬과 함께 엄마의 이름이 호명되었다.

"이연이 데레사."

신부님 앞으로 또박또박 걸어 나오는 나의 엄마는 동그란 이마를 지닌 단정한 얼굴의 소녀였다.

성모마리아상 앞에 엎드려 꺼져가는 아들의 생명을 구하기 위해 간절히 기도했던 엄마였고, 그 아들을 잃은 원망으로 천주교에서 과감히 돌아섰던 여인이었다.

83살의 나이에 다시 세례를 받는 것이 자신을 예뻐했던 아버지 곁으로 떳떳하게 가고 싶은 마음 다짐이라고 생각하니 눈물이 솟구쳐 세례를 받는 엄마의 모습이 흐려졌다.

항아리

엄마는 통창 밖에 일렬로 늘어선 항아리들에 시선을 뺏긴 채 우리가 나누는 대화에 좀처럼 말을 섞지 않고 있었다. 갑자기 쏟아진 웃비로 말끔히 씻겨 윤이 도는, 허리가 유난히 굵은 항아리들이었다.

엄마는 엄마 연배에 비해 먹음새가 좋아 엄마에 대한 건강 우려를 덜어주고 있었다. 그런데 오늘은 엄마가 좋아하는 갈비찜에도 젓가락을 가져가지 않고 아예 고개를 돌린 채 항아리들을 보고 있었다.

"엄마. 갈비찜이네. 부드러워."

나는 갈비찜을 엄마의 밥 위에 놓았다.

"저 독들 봐라. 배가 불룩하니 아이구 탐난다."

요즘 들어 부쩍 갖고 싶은 것에 탐을 내는 엄마가 오늘은 항아리에 눈독을 들이고 있었다.

한량이던 아버지 덕분에 세를 얻어 살아야 했던 엄마는 복덕방 아저씨를 앞세워 이 동네 저 동네를 들춰 가며 마당이 넓은 집을 찾았다. 그 덕분에 깎아지른 산동네에서 한동안 살기도 했었다. 그 집 장독대를 고추장, 된장, 간장들이 담긴 항아리로 채우고 늘 반질반질하게 닦았다. 키 작은 엄마는 자신보다 덩치가 큰 커다란 항아리를 닦으며 말했었다.

"꼭대기면 어떠냐. 사람도 장독도 숨을 잘 쉬어야 탈 없이 살지."

초등학교에 다닐 때였다.

김치 항아리를 소중하게 끌어안은 엄마는 수업이 끝난 빈 교실로 먼저 들어갔다.

"선생님 오시면 말씀드려. 선생님, 맛있게 드세요. 알지? 꼭."

엄마는 선생님께 전할 말을 내게 재차 알려줬지만 나는 입을 떼지 않고 뚱하고 서 있었다. 선생님들 퇴근 시간에 맞추어 왔던 엄마는 보자기로 싼 항아리를 교탁 옆에 내려놓고 선생님을 찾아 나섰다.

우리 반에서 몇몇 잘사는 아이들이 그럴싸한 포장을 갖춘 선물을 선생님께 드리고 기고만장해하던 것을 생각하니 김치를 항아리에 담아온 엄마가 못마땅하고 부끄럽기까지 했다.

'매일 먹는 김치를 왜 주는 건데.'

나는 교실에서 도망치듯 나와 너른 운동장을 가로질러 마구 달렸다. 그러나 내 앞에 떡 버티고 있는 많은 계단을 빨리 뛰어 내려가는 것은 벅찬 일이었다. 두어 개의 계단을 남긴 채 나는 그만 넘어지고 말았다. 새로 산 하얀색 타이즈에 커다랗게 구멍이 뚫렸고 양 무릎은 까져서 피가 흐르고 있었다.

무릎과 손바닥이 몹시 아려 왔지만 울음을 꾹꾹 목구멍 안으로 밀어 넣었던 것은 말없이 엄마에게서 도망쳐 나온 게 잘못이란 것을 알았기 때문이었다.

나는 절룩이며 교문을 향해 걷기 시작했다.

'우리 할아버지가 말했어. 6·25 한국전쟁 때 죽은 사람들을 저기 보이는 돌산에 묻었대.'

갑자기 영순이가 했던 말이 귀에 쟁쟁했다. 나는 순간 아무도 없는 주변이 무서워 울음을 터뜨렸다.

그때 어디선가 다급히 내지르는 엄마의 목소리가 달려와 내 울음 소리를 덮었다.

"큰애야. 거기 서. 너 우니? 엄마가 여기 있는데 어딜 가는 거니?"

엄마는 계단을 뛰듯이 내려오고 있었다.

나는 서두르는 엄마가 넘어질 것 같아 마음을 졸이면서 미안함과 죄책감에 어느새 소리높여 울고 있었다.

"엄마, 항아리를 보니까 생각이 나네. 학교 선생님들에게 왜 그렇게 김치를 담가 줬어? 그것도 항아리에."

"내 김치. 유명했지. 먹어 본 사람들은 다 입맛을 다셨다. 너는 공부만 잘했지, 숙기가 없어 반장도 못 하고 잘 뛰지도 못하고. 너는 야물 딱진 데, 니 언니는 넘어지긴 왜 그리 넘어지는지. 무릎 성한 날이 없이. 선생들한테 잘 봐달라고 그랬지. 니 언니를 말야. 부반장이라도 한번 시켜 볼 요량으로 흐흐흐."

"엄마, 그거 알아? 엄마는 언니만 잘해 줬어."

동생이 엄마를 향해 눈을 흘겼다. 그러나 엄마는 다른 대꾸 없이 웃기만 했다. 그리고 물을 부어놓았던 솥단지의 뚜껑을 열어 누룽지를 한 수저 뜨더니 내 입으로 가져왔다.

"엄마는."

"어이 먹어. 구수할 거다."

나는 동생에게 겸연쩍은 얼굴을 한 뒤 냉큼 받아먹었다.

도박에 빠진 아버지에게 매를 맞으면서도 가정을 버리지 않고 자식을 위했던, 특히 나를 위해 열성이던 엄마였다. 오빠를 잃고 나서 동생인 나를 애지중지할 수밖에 없었다는 사연은 엄마가 다른 사람들에게 자주 꺼내놓는 이야기 중 하나였다.

늦은 밤까지 학원 수업을 받던 여고 시절.

엄마는 버스 정류장에서 항상 나를 기다렸었다. 나를 태운 버스가 금호동 고개를 숨 가쁘게 넘어 멈춰 설 때면 엄마는 버스로 달려와서 반갑게 나를 맞이했다. 말솜씨 좋고 인정도 많은 엄마였기에 카바이트 불을 달구며 장사를 하는 노점상인들과도 일일이 인사를 나눈 뒤에야 우리는 집으로 향할 수 있었다.

엄마는 나를 기다리는 동안 과일 가게에서 얻어둔 사과 궤짝을 내게 들라고 한 적도 없었다.

"내 새끼는 공부만 하면 된다. 아까 봐라. 다들 부러워하잖냐."

달동네 내리막길에 있던 집에 스멀스멀 기어든 지하수는 늘 연탄 아궁이를 적셨고, 그 때문에 군불을 땔 수 있는 아궁이가 있었다. 엄마는 가져온 사과 궤짝으로 아궁이에 군불을 지폈다.

엄마가 마련해준 겨울밤은 구들장 가득 밤새도록 뜨거웠다.

엄마의 이야기는 멈추지 않았다. 김장김치를 백 포기를 담아 해를 넘겨 여름이 되어도 군내가 나지 않은 것은 항아리 덕분이었고 우리 집 간장, 된장이 짜지 않고 달았던 이유도 항아리가 좋아서라며 항아리 칭찬을 이어갔다. 신이 나서 말을 잇는 엄마를 보는 우리도 기분이 좋아서 맞장구를 치며 웃었다. 엄마는 맛있게 식사를 마쳤다. 엄마는 통창 너머에 있어 만질 수 없는 항아리들을 다시 마주하고는 한참을 서 있다가 항아리들과 인사까지 한 뒤에야 돌아셨다.

흐리던 하늘가에 해가 들고 있었다. 비는 더 오지 않았다. 엄마는 음식점 주변의 꽃 앞에 다가가 하나하나에 눈길을 주었고, 동생이 엄마를 따라다니면서 그런 엄마의 모습을 사진에 담고 있었다.

뒤를 따라가던 나는 슬며시 걸음을 멈추고 엄마에게서 멀찍이 떨어졌다.

앞으로 엄마와 함께할 수 있는 시간이 그리 많지 않다는 사실과 그런 엄마를 내가 직접 모실 수 없다는 현실에 그렁그렁 눈물이 차올라 애먼 우산을 쥐고 비를 터는 시늉을 했다. 그리고 언젠가 여성지에서 본 적이 있던, 아주 너른 장독대를 된장독으로 그득히 채우고 있는 음식점의 상호를 기억해내려고 애를 썼다.

이미 내 얼굴은 눈물에 젖고 있었다.

엄마의 화초

공양간에 걸린 시계는 일곱 시를 가리켰고 입춘을 갓 넘긴 하늘은 아직 어두웠다. 관광버스 한 대와 봉고차, 승용차가 줄지어 극락사를 출발했다.

청보라 하늘 저편에서 뽀얀 안개가 밀려 나왔다. 아주 짧은 순간 미명이 하늘 가운데를 뚫었다. 단숨에 어둠을 밝히는 저 빛을 훔치고 싶어 조바심을 내며 살고 있다는 생각이 머릿속에 서늘하게 스치고 지나갔다.

휴대폰의 진동음이 계속 울렸다.

엄마였다. 버스의 노래방 기기에서 찬불가가 나오고 있었기 때문에 나는 전화를 받지 않았다. 앞 좌석에 계신 자은 스님의 폰이 울렸다. 백담사로 오르는 길이 얼어 차 운행이 위험하다는 연락이었다.

신도들이 오랫동안 벼려왔던 백담사에서의 방생 법회는 불발되었다.

스님들과 신도회 회장님의 의논으로 먼저 팔봉산 아래 홍천강에서 방생 법회를 열고 청평사를 들러서 오는 일정이 마련되었다.

휴게소에 들렀을 때 오전부터 계속 전화를 했던 엄마와 통화를 했다.

"왜 안 오냐? 내가 꼭 주고 싶은 게 있는데."

"방생 왔어."

"내가 줄 게 있는데. 내가 너 주려고 기른 건데 와 보지도 않고."

순간 머리를 휙 스치는 것이 있었으나 조만간에 들르겠다고 하고는 전화를 끊었다.

엄마가 마당에 흙을 돋워 만든 꽃밭은 계절에 맞는 꽃들로 항상 풍성했다.

"큰애야, 이것 봤나?"

엄마는 개구진 미소를 얼굴 가득 띄고 있었다. 앙증맞은 연녹색의 모종이었다. 장날이면 농약사 앞에 즐비하던 채소 모종들과 닮아 있었다.

"이게 기르기 힘들다던데. 내가 누구냐? 히힛."

여러 달이 지난 뒤 마주한 그 모종은 옥수수잎처럼 자라 있었다. 키가 제법 큰 줄기에 빼곡히 들어찬 길쭉한 잎사귀는 싱그런 초록빛으로 보기 좋게 늘어져 있었다. 줄기마다 촘촘히 묶어 놓은 지지대와 스티로폼 박스 가득 꽂힌 영양제 앰플 병을 보니 엄마가 열 일 제치고 온 정성을 기울인 것이 보였다. 엄마가 내 팔을 잡아당기더니 손바닥 위에 잎사귀를 눕혀 얹었다.

"봤니? 이삭 핀 것? 히힛."

잎사귀 사이에 꽃이 피어 있었다. 벼 이삭을 닮은 꽃이었다. 줄기마다 꽃들이 제법 달려 있었다.

그해 늦가을 성당에 가래떡을 나누어 주고 싶어 하는 엄마를 위해 싸래기를 들고 갔을 때 엄마는 자랑스럽게 그 열매를 보여주었다.

단호박처럼 둥근 열매는 희끄무레 한 것도 있었고, 짙은 남색 빛을 띤 것도 있었는데 옹골찬 것들이 제법 단단했다.

"이게 뭔데?"

"봐라. 죽기 전에 내가 할 일이 있다. 이 집안은 할머니가 금강산을 찾아가 불공드려 사대 독자인 네 아버지를 얻은 집이다. 네 오빠 동훈이. 그 녀석도 그곳에 있을 거다. 난 우리 아버지 만나러 세례를 받았지만."

엄마는 그 열매 가운데 달린 길쭉하게 마른 대를 일일이 잘랐다. 항상 울면서 끝내는 엄마의 푸념을 피해 나는 더 묻지 않았다.

팔봉산의 허리를 감싸고 흐르는 홍천강은 넓게 펼쳐진 백사장을 갖고 있었다.

강바람은 매웠다.

불감의 금박 위로 햇살이 모여들었다. 청아 스님의 독경에 힘이 실리며 방생이 시작되었다.

빨간 플라스틱 그릇 안에 각각 미꾸라지 세 마리가 담겨 있었다. 줄지어 선 보살들이 조심스레 그릇을 기울여 미꾸라지들을 강물로 방생했다. 물에 풀어놓은 미꾸라지들은 꿈틀꿈틀 허리를 비틀어 자갈돌 밑 모래 속을 비집더니 이내 사라졌다.

"왜 가만히 있냐, 아가. 날도 추운데 얼어 죽으려고. 어흐흐."

울음을 터뜨린 노 보살 앞에 미꾸라지 한 마리가 가만히 머물고 있었다. 그녀가 발을 동동거리다가 차고 있던 염주 팔찌를 빼더니 한 손에 쥔 채 물속으로 손을 넣어 자갈돌을 헤치고 모래에 구멍을 팠다. 그리고 구멍 속으로 염주 팔찌를 밀어 넣고 죽은 듯이 자갈돌 위에 누워 있는 미꾸라지를 조심스레 손에 쥐더니 그곳에 함께 넣었다. 그녀는 그녀만의 의식을 치른 뒤 줄을 선 불자들 뒤쪽으로 휘적휘적 걸어갔다.

내가 방생을 마치고 돌아와 그녀의 옆으로 갔을 때 그녀는 백팔 염주를 돌리고 있었다.

"내가 만든 염주 팔찌도 방생했어. 미꾸리가 가만히 있길래 내 새끼가 구천을 떠도는 것 같아 환장했는데, 그 녀석도 이젠 극락으로 가겠지. 이것 볼 테야? 천각이야. 기르는 것도 힘들고 구멍 내다가 찔리기도 많이 찔렸네. 정성이지. 흐흐."

그녀는 태연히 말하고 있었지만 두 눈에는 여전히 눈물을 그렁그렁 달고 있었다. 몇 해 전 장성한 아들을 사고로 잃었던 보살이었다.

나는 그녀가 내민 염주를 받아들었다. 가지 빛으로 잘 여문 염주를 받아쥐고 한 알을 굴려 넘기는데 그 야무진 염주 알은 엄마가 애지중지 기르던 그것의 열매였다. 죽어서 부모님을 뵈었을 때 떳떳하고 싶던 엄마는 팔순 나이에 긴 교육을 마치고 데레사라는 세례명을 받았다. 그러나 가슴에 묻은 아들을 위해 다시 정성껏 염주나무를 길렀을 엄마를 생각하니 눈가가 뜨거워졌다. 눈물을 훔치며 돌아서는데, 자갈투성이의 모래밭에 엎드려 외치는 노 보살의 간절한 발원이 여전히 차가운 강 언저리를 돌고 있었다.

이쪽저쪽 한 입씩 베어 물어 봉긋해진 여덟 개의 봉우리 가운데로 시리도록 눈이 부신 빛을 내뿜으며 해가 우뚝 섰다. 날이 선 빛은 강물 위로 곧추서더니 물살을 잘게 부수었다. 비늘 조각이 되어 떠내려가는 물결들의 대열은 와르르 떠밀려 오는 것인지 후두두 달려가는 것인지, 내 시선뿐 아니라 혼마저 쏙 잡아 빼내어 감아쥐고 있었다.

34

해 비늘이 서서히 물속으로 녹아들어 강물 전체가 은빛으로 빛
났다.

나는 그 빛을 놓지 않으려고 좇다 자갈돌에 걸려 털썩 주저앉고
말았다.

나는 한동안 멍하니 그렇게 앉아 있었다.

엄마의 빨간 꽃

엄마는 칭찬받고 싶어 안달하는 어린애처럼 스케치북과 종합장을 내 앞에 펼쳤다.

엄마가 기르고 있는 화초들과 엄마의 고향 집에 있던 나무들이 넘기는 장마다 그려져 있었고, 그림 아래에는 제목들이 쓰여 있었다.

"더 잘 그릴 수도 있는데 색연필이 별로다."

엄마는 12색 색연필을 내 앞에 툭 던졌다.

"똑같은 색을 찾아도 없다."

엄마의 그림은 채색이 남달랐다. 모두가 익히 알고 있는 단색으로 칠하는 다른 노인들과 달리 여러 색을 함께 칠하고 있었다.

"감잎도 봐라. 감 열릴 때면 이파리가 이 색이 아니야."

"내가 엄마를 닮았나 보네. 엄마는 그림 재능이 있어."

엄마의 얼굴이 금방 환해졌다.

88세의 엄마의 얼굴에는 여전히 예쁜 구석이 남아 있었다. 아버지가 예뻐하던 동그란 이마와 오뚝한 콧날은 굴곡진 엄마의 삶을 지탱하는 힘이기도 했을 것이다.

"이 글씨들 읽어 봐. 엄마."

"얘는, 이름들이야. 이름 없는 게 어디 있어. 다들 그걸 모르고 있는 거지. 보잘것없는 풀도 다 이름이 있다."

"엄마가 옳아."

엄마는 스케치북을 넘기며 맞춤법에 맞지 않게 써놓은 이름들도 정확하게 읽어갔다.

"사과나무, 감나무, 고무나무, 앵두, 촛불, 오색촛불, 손가락 선인장, 이연이."

손가락 선인장은 다홍빛 꽃을 달고 있었다. 그리고 '손카락 서닌장'이라고 쓰여 있는 글씨 옆에 엄마의 이름 "이연이'가 있었다.

그렇다. 언젠가 엄마는 내게 전화를 하여 다 죽어가던 손가락 선인장이 빨간 꽃을 피웠다며 무척이나 기뻐했었다.

나는 엄마가 그린 손가락 선인장의 빨간 꽃을 들여다보다가 물끄러미 엄마의 얼굴을 다시 바라보았다. 엄마는 손가락 선인장처럼 다시 빨간 꽃을 피우고 싶은 것일까?

엄마는 멍으로 얼룩진 퉁퉁 부은 얼굴로 중환자실에 누워 있었다.
동생이 엄마의 귀에 대고 말했다.

"엄마. 엄마가 없으니까 화초들이 다 죽어 가. 엄마가 올 때까지 물 안 줄 거야. 알았지?"

엄마는 말을 알아들었는지 웅얼거리며 손사래를 쳤다.

엄마는 팔순을 넘길 때 교통사고를 입어 허리 수술을 한 뒤 오랫동안 병상에 누워 있어야 했다. 엄마가 아끼던 화초들로 자극을 준 동생의 으름장 덕분이었을까?

엄마는 의사들의 우려와 달리 보란 듯이 회복을 했고 잘 걸을 수 있게 되었다.

엄마가 집에 돌아오자 집 안의 구석구석 마다 생기가 돌았다.

말라가던 화초들이 다시 물을 빨아올려 초록으로 살아났고, 동네 노인들이 수다를 떨기 위해 드나들기 시작했다.

엄마가 풀을 먹여 다린 교복을 입고 읍내에 세워진 학교에 다닌 유일한 여학생이었다는 것은 엄마의 위세였고, 그 때문에 엄마는 마당의 평상을 채우며 모이는 다른 노인들 앞에서 언제나 당당했다.

집으로 돌아온 나는 엄마가 만족할 채색을 위해 48색의 색연필을 주문했다. 그리고 다양한 만다라 문양의 도안을 프린트했다.

홀로 그림을 그렸던 엄마가 동네 친구들과 두런두런 말을 주고받으며, 때로는 아는 체도 해가며 함께 만다라 도안을 색칠했으면 하는 마음에서였다.

엄마는 아마도 붉은색들을 모아 엄마만의 빨간 꽃을 완성하리라
확신한다.

엄마의 일기

엄마는 결혼하지 않은 동생과 함께 지내며 동생이 제시한 규칙을 지키고 있다.

초등학교 저학년의 연산 문제집을 풀어야 했고 그날의 일기를 써야 했다.

그림을 그리는 것을 좋아하는 엄마에게 그림 일기장은 놀이의 하나였다. 엄마는 그날의 일기를 두 줄 정도 채웠고 옆쪽에 그리는 그림은 다양했다.

엄마의 일기를 몇 편 소개한다.

'오늘은 꿈자리가 사나워서 성당에 안 갔다.'

'아침에 성당 다녀왔어요. 기분 좋아요.'

늦은 나이에 긴 교육을 마치고 세례를 받은 엄마다. 엄마가 성당에 가는 날은 엄마의 컨디션이 아주 좋은 날이다.

'몸이 아파서 침을 맞고 왔다. 미장원에 갔더니 청첩장을 줬다. 젠장.'

동네 할머니들의 비위를 잘 맞추어 할머니들을 단골로 만들던 미장원 주인이 자식을 결혼시킬 일이 없는 90세의 엄마에게 청첩장을 준 것이다. 부조금을 줬는지에 대해서 엄마에게 더 묻지 않았다.

'박마루 어째서 소식이 없어. 속상해. 이 할미를 잊었니?'

'속이 좋지 않다. 마루가 전화를 안 한다. 왜 그럴까?'

산티아고로 순례길 여행을 떠난 조카가 영상 통화를 매일 하지 않는 것에 안달복달을 하던 엄마였다.

"성당 구역장이 한턱 쏴서 설렁탕을 먹고 왔다. 맛있었다. 돈 많이 나왔겠군."

엄마는 사교성이 좋아 사람들과 어울리는 것을 좋아했다.

일기를 보면 엄마가 만나는 사람들이 모두 등장한다.

'청와대에게 놀러 갔더니 쌍화차를 줬는데 휴지를 가지러 가다가 엎질렀다. 실수다. 컵은 안 깼다. 한숨. 어휴.'

일기 속의 청와대는 대통령 경호원으로 근무하는 아들을 둔 친구분을 일컬어 부르는 호칭이다.

'승현이가 귀에서 소리가 나고 어지럽다고 병원에 갔다.

조심해서 걷고 약을 먹으라고 했다. 불쌍하다.'

엄마와 자주 말다툼을 벌이는 분의 이야기이다. 화해했다가도 금방 엄마를 화나게 하는 분인데 그 친구가 아픈 것이 안타까워 죽을 끓여다 준 이야기를 들은 기억이 있다.

'크리스마스이브다. 성당에 갔더니 트리가 없어서 서운했다. 신부님이 돈이 없나 보다. 불쌍하다.'

'성당 작은 신부님이 26일 떠나는데 슬프다. 좋은 신부님인데 섭섭하다.'

크리스마스이브인데 성탄 트리가 없었던 이유는 우리 모두 모른다. 그러나 엄마는 생활이 검소한 신부님들에게 존경과 함께 애정과 동정을 늘 갖고 있다. 정이 든 신부님의 전별식을 하고 와서 앓아누운 적도 있다.

'일주일 동안 화장실을 못 갔는데 오늘 갔다. 속이 뻥 뚫렸다. 하하.'

'소화가 안 되서 전복죽을 먹었다. 약이 독해서 졸립다.'

'아파서 못 쓰겠다'

동생이 카톡으로 매일 엄마의 일기를 보내면 엄마의 일상과 건강 상태를 알 수 있었다.

엄마는 주로 자신이 키우는 화초를 그렸다.

가끔 참새가 그려져 있어서 마당에 놀러 온 새를 그렸다고 생각했었다. 엄마가 감기를 심하게 앓고 있을 때의 일기를 보고 난 뒤 엄마가 그린 참새는 자식이란 것을 뒤늦게 알게 되었다.

엄마가 그린 참새 세 마리에는 각각 이름이 있었다. 나와 두 동생의 이름을 써놓은 세 마리의 참새들 옆에 '심심해서 풀었다가 다시 짰다'는 글씨도 있었고, 엄마가 짠 작은 가방이 그려 있었다.

나는 가슴이 먹먹해져 한참을 우두커니 앉아 있었다.

대학 동기 단톡방에 올린 엄마 그림에 답글을 보낸 동기의 말을 옮겨 본다.

'올을 짜고 다시 풀고 다시 짜는 심심함의 시간은 그리움. 어미는 큰딸을 제일 크게 그려 놓았다. 90 노모의 흐려지는 기억의 시간 속에 자식은 늘 총기로 잡힌다.'

'산책을 했다. 이제 봄이다.'

'비가 와요. 봄이에요.'

긴 겨울 속에 잠겨 있던 나는 엄마의 일기를 보며 봄을 느꼈다.

엄마의 건강도 봄이기를 간절하게 바란다.

엄마가 그린 잎마다 노란 꽃을 달고 있는 난초처럼 엄마의 마음에 핀 꽃도 그림처럼 시들지 않기를 바란다.

엄마, 사랑합니다.

아버지의 젤소미나

고석정은 곳곳마다 어린이날 행사를 위해 차려진 부스로 가득했다.

나는 봉사활동을 위해서 문화복지센터가 준비한 페이스페인팅 부스에 자리를 잡았다.

무독성 페인팅 물감을 준비했음에도 페이스페인팅 부스 앞에 줄을 서는 아이들을 엄마들이 막아서고 있었다.

웰빙을 우선시하는 요즘 젊은 엄마들이 한때 뉴스에 오르내리던 물감 성분을 따지는 것은 당연할 일이었다.

덕분에 나는 다른 부스를 둘러보다가 분수 있는 곳으로 걸어갔다.

아버지가 철원에 내려와 식당을 차린 곳이 바로 고석정이었다. 그때는 분수도 임꺽정 동상도 없었다.

교통이 불편하던 시절, 많지 않은 관광객도 주말에야 볼 수 있었고 결국 아버지는 식당을 정리하고 아예 이곳을 떠났다.

고석정은 이방인에 지나지 않았던 우리 가족에게 흑역사를 만들어낸 곳이었다. 그러나 철원에 사는 나조차 평소에 눈길 한번 준 적 없던 고석정 곳곳에는 아버지와 엄마에 대한 기억들이 자리하고 있었다.

나는 북적이는 인파에 상관없이 그 기억에 잠겼다.

요즘 같지 않은 전파 사정으로 KBS의 9번 채널만 겨우 잡히던 그때 아버지는 〈주말의 명화〉를 시청하기 위해 밖에 세운 안테나의 방향을 이리저리 돌렸다.

아버지는 지나치게 엄했고 숨이 막힐 정도로 꼼꼼했다. 그러나 책을 읽고 있거나 공부를 하고 있으면 잔심부름 하나 시키지 않았다.

나는 초등학교 저학년 때 이미 펄벅의 《대지》를 여러 번 읽었고, 알렉산드르 솔제니친의 《이반 데니소비치의 하루》라는 노벨상 수상작에서부터 아버지가 집에 들고 온 일본 잡지, 〈선데이서울〉 등 성인물까지도 아버지 몰래 읽어치웠다.

나와 동생들은 아버지의 눈을 속이며 아랫집에서 수다를 떨거나 카세트의 노래를 들었다. 식당에서 지내는 아버지는 깊은 밤에 갑자기 들이닥쳐 우리가 무엇을 하고 있는지 알려고 했고, 아버지를 닮아 눈치 빠르고 귀가 밝았던 나는 아버지의 인기척을 귀신같이 알아챘다. 그 때문에 발소리도 내지 않고 들어서는 아버지에게 우리 모두 책을 읽고 있는 장면을 보여줄 수 있었다.

그날은 아버지와 함께 〈주말의 명화〉에서 소개하는 〈길〉이란 이탈리아 영화를 함께 보게 되었다.

집 없이 떠돌아다니며 차력을 보여주는 잠파노와 지능이 부족하여 순진무구한 젤소미나의 이야기였는데 젤소미나가 불던 트럼펫 연주가 가슴을 아리게 하는 영화였다.

놀라운 것은 아버지가 눈물을 흘리고 있었다는 것이다. 이기적이고 냉정한 아버지가 운 이유가 무엇일까?

화가 나면 던지고 부수며 키 작은 엄마를 발로 차던 아버지가 영화를 보면서 울고 있다는 사실이 믿기지 않았다.

나는 조용히 그 방을 나왔다.

어느 날 아버지는 중고 오토바이를 구해왔다.

그 뒤 성질이 급한 아버지는 늦어지는 부식 배달을 기다리지 못하고 그 오토바이로 하루에도 여러 번 읍내를 오갔다. 결국 그 오토바이는 시동이 제때 걸리지 않게 되어 창고 옆에 세워 두었다.

아버지는 내게 화장기 없는 얼굴과 긴 머리를 하나로 묶은 순박

한 차림을 강요했다. 아버지의 불호령을 피해 식당 옆 기념품 가게 앞에서 긴 머리를 하나로 묶고 입술의 립스틱을 지우고 있던 나는 고석정 광장에 있는 아버지와 엄마를 발견했다.

아버지는 오토바이를 탄 채로, 엄마는 그 오토바이를 밀며 달음박질을 하고 있었다. 그 둘의 모습이 광장 끝 쪽으로 멀어지더니 엄마가 오토바이에서 손을 떼며 멈춰 섰고, 아버지는 시동이 걸린 오토바이를 몰아 광장을 벗어났다.

그 순간 나는 영화 〈길〉에 등장하는 잠파노와 젤소미나를 떠올렸고, 영화를 보는 내내 어깨를 들먹이며 흐느끼던 아버지의 눈물이 엄마에 대한 참회였기를 바랐다.

아버지가 오토바이를 타고 달리던 광장에서는 분수대가 물을 뿜고 있었고, 극과 극을 오가던 아버지를 이해하기에는 나 역시 감정의 골이 너무 깊었다.

나는 페이스페인팅 부스로 돌아가지 않았다.

한동안 내 눈에 어른거릴 장면을 떨치기 위해 빨리 이곳을 벗어나고 싶었다.

멀리서 시내버스가 오고 있는 것이 보였다.

나는 버스 정류장으로 달려갔다.

2장
여자, 여자, 여자

여자들은 때로는 사랑에 죽기 살기로 매달린다.
이루지 못한 사랑에 스스로 목숨을 끊은 여자도 있다.
나는 사랑에 아파하는 여자들을 볼 때마다
나의 아버지를 찾아다니던 그녀를 떠올리게 된다.
그녀의 무모한 사랑을 기억해 줄 아버지는 이제 이 세상에 없다.

여자, 여자, 여자

여자들은 꽃을 안고 산다.

꽃잎이 크고 화려한 아네모네, 작고 앙증맞은 꽃말이 꽃, 몽글몽글 피어나 뚝뚝 꽃잎을 떨구는 목련, 이름 모를 풀꽃까지 넣어 둔 방이 따로 있다.

"너 예쁘다"하고 주목을 받으면 받은 대로, 바람에 꺾이면 꺾인 대로 그 꽃은 가슴에 남아 있다.

나는 많은 여자의 사랑을 들어 익히 알고 있다.

그저 말없이 들어줄 뿐 그 어떤 해결책도 내놓지 못할 뿐 아니라 뜬구름 같은 이야기는 단숨에 잘라내는 나에게 그녀들은 무슨 할 말이 그렇게 많을까?

그녀들의 사랑은 그녀들의 기억과 다르다. 그때 가졌던 자신들의 감정을 추억하는 것일 뿐.

사랑은 고약하다.

나 역시 사랑이라고 기억하는 마음 다발을 스스로 잘라내기도 하고 다듬어도 보았다. 그러나 마음자리에 돋는 별의별 생각은 마치 머리털 같아서 매끈하게 밀어도 어느새 거뭇해지지 않던가?

　'죽어야 끝난다.'

　참 허망한 말이다.

　여자는 사랑이라고 기억하며 그 기억으로 꿈꾼다.

4호선 창동역

그녀는 며칠 전에 사 놓은 겨울 코트를 입은 뒤 롱패딩을 덧입었다. 추위에 벌벌 떨며 서울을 오고 갈 수는 없었다.

내린 눈이 녹지 않아 거의 빙판 같은 길을 뛰다시피 걸어 수유리행 시외버스를 탔다.

규모가 큰 총동창회의 식순은 길고 지루했다. 그녀는 S에게 전해야 할 말들로 머릿속이 분주해졌다.

뒤늦게 그가 왔다.

그의 모습은 대학교 1학년 때의 모습과 다르지 않았다.

지각을 코앞에 둔 그와 그녀가 학교길을 서둘러 오를 때 그녀는 그에게 헉헉거리는 숨소리를 들키지 않으려고 무던히 애를 썼던 기억이 떠올랐다.

그녀는 다른 동창들과 마찬가지로 그와 간단한 인사를 나눈 뒤

따로 말을 주고받지 않았다. 반갑게 다가오는 여자 동창들과 어울려 수다를 떠는 상황이 한참 이어졌다.

'시간이 늦어서 먼저 나갑니다.'

그녀는 H에게 문자를 보낸 뒤 경품 뽑기에 한창인 동창회를 빠져나왔다.

그녀는 오늘 밤 묵을 친정으로 가기 위해서 때마침 도착한 지하철에 몸을 실었다.

그녀가 사람들로 북적이는 지하철 안에 선 채로 그와 인사를 주고받던 장면에 멈춰 있을 때 핸드폰이 울렸다.

"연숙 씨, 당첨됐어. 사과 한 박스. 우하하."

H의 호탕한 웃음이 정겨웠다. 오늘 밤, 그들은 이십 대의 청년으로 돌아가 웃고 떠들며 기분 좋게 술에 취해 갈 것이다.

지하철이 막 혜화역을 지나고 있을 때 그녀의 핸드폰에서 카톡 알림음이 울렸다.

'어디에요?'

그 사람이었다.

'혜화역 지났어요'

'내려요.'

'어디서요?'

잠시 카톡이 중단되었다. 그녀는 가슴이 뛰기 시작했다.

'창동이요. 창동에서 내려요. 방금 지하철 탔어요.'

그에게서 다시 카톡이 왔을 때 그녀는 그에게 전하려고 했던 말들을 떠올려 보았지만 한마디도 생각이 나지 않았다.

'충무로입니다. 기다려요.'

'창동에서 내려요. 꼭.'

'동대문. 곧 갑니다.'

"혜화."

"한성대 입구."

"성신여대 입구."

그는 자신이 탄 지하철의 도착역을 때마다 카톡으로 보내고 있었다. 카톡 알림음이 울릴 때마다 그녀는 설레었고, 점점 그 강도가 높아져 다리가 떨려왔다. 그리고 이대로 죽어도 좋다는 생각을 잠깐 했다.

그녀는 창동역에서 내렸다. 사람들에게 휩쓸려 정신없이 계단을 내려왔다. 한쪽 벽면에 큰 거울이 있었다. 그녀는 거울 앞을 서성거렸다.

'미아 사거리.'

'미아.'

'수유.'

그가 계속 보내는 카톡 음이 귀뿐만 아니라 그녀의 몸 전체를 흔들고 있었다. 마침내 그녀는 열병을 앓듯 신음하고 있었다.

'곧 창동.'

그녀는 거울 속의 자신을 보았다. 갑자기 왈칵 눈물이 났다.

그녀가 긴 세월 붙잡고 있던 그 감정은 수없이 그녀를 저 바닥으로 추락시켰었다.

아. 그였다.

그가 계단을 뛰어 내려오고 있었고, 그녀 역시 그에게로 뛰어갔다. 둘은 어느새 손을 잡고 서둘러 창동역을 빠져나왔다.

까만 밤하늘, 요란한 네온사인, 종종거리며 갈 길을 가려고 서두르는 사람들. 그리고 눈발이 날리고 있었다. 순간 그녀는 버스가 멈추고 떠나는 찻길로 뛰어들고 싶어졌다.

사방을 두리번거리다가 결국 둘은 다시 지하철을 타고 W로 향했다.

W역 근처의 카페에 마주 앉아 그가 먼저 말을 꺼냈다.

"연숙 씨가 사랑한 사람은 K 아닐까?"

철없던 시절에 대한 이기적인 질문이었다. 이제 아무 소용도 없는 확인에 그녀는 아니라고 분명히 밝혔다. 그녀는 앞으로 다시 볼 수 없을 그의 얼굴을 쳐다보며 작정하고 말했다.

"많이 좋아했어, 내가 혼자. 한번 꼭 만나고 싶었어. 보고 싶었어. 항상. 많이."

"내가 그때는, 감히 내 주제에 연숙 씨를 쳐다보지 못했어."

그는 중년의 여인이 되어 더듬더듬 자신의 외사랑을 고백하는 그녀가 무안하지 않도록 얼른 그녀를 치켜 올려세웠다.

그녀는 부끄럽지 않았다. 그리고 더 이상 외롭지도, 슬프지도 않았다. 그가 그동안 자신이 살아온 얘기를 하는 동안 그녀는 그의 얼굴을 앞에 두고 볼 수 있어 좋았다.

W역을 빠져나온 둘은 C병원 앞 사거리 신호등 앞에 섰다.

바람에 날리던 눈송이가 붙어나서 사방이 하얗게 덮여가고 있었다.

둘은 똑같이 명동에서 종로까지 별말 없이 걷던 그때를 생각해냈다.

12시가 넘은 시간, 인적 없는 거리, 차가 다니지 않는 도로.

둘은 약속이나 한듯 손을 잡고 사거리를 가로질러 뛰었다.

그녀가 복학생이 되어 강의실 창 너머로 그를 훔쳐보던 그때, 설악산 답사 여행 때 벤치에 누워 있는 그를 보려고 그 앞을 서성이

던 그때, 그가 한 번이라도 그녀를 돌아보았더라면 그녀는 훗날 K
가 건네는 주홍빛 불가사리를 받지 않았을 것이다.

"다 왔어요. 이 골목으로 들어가면 엄마 집이에요."
그가 불쑥 사과가 든 봉지를 내밀었다. H가 꾸려 준 경품일 것이다.
"와이프 갖다줘요. 택시가 잡힐까? 늦어서 많이 기다리겠네."
그녀는 이혼 뒤 재혼을 한 그가 진심으로 행복하길 바랐다.
그녀는 그의 코트 깃을 여며주었다. 그리고 가볍게 그의 등을 토
닥여 주었다.
"새해에는 좋은 일이 있을 거야. 정말이야. 힘내자. 우리."
꾸중 맞은 소년처럼 말없이 서 있는 그를 뒤로하고 그녀는 골목
안으로 뛰어갔다.

사는 곳이 두 정거장 떨어져 있던 그들은 가끔 같이 버스를 탈 때
가 있었다. 그녀는 그에 대한 마음을 들키기 싫어 수업이 끝나면
동기들과 함께 양지다방으로 내달렸다.
그와 마지막으로 같은 버스를 탔던 것은 늦가을 장충동에서였
다. 국립극장에서 연극 관람 후 동기들과 함께 내려온 그와 그녀는
같은 버스를 탔고 '몸도 마음도 건강하시라' 인사를 하고 여느 때처
럼 그녀가 먼저 내렸던 것 같다. 그녀가 버스에서 내릴 때 그가 함

께 내렸더라면 둘의 인연이 달라졌을까?

그녀는 잠을 이루지 못한 채 그에 대한 기억을 한 개도 놓치지 않고 나열해보려고 애를 썼다. 하지만 오래전 그와 나눈 대화는 듬성듬성 기억날 뿐, 자신의 애틋한 감정만 겹쳤다.

그녀는 오랜 시간 동안 애타게 그리워하던 것이 그 남자가 아닌, 그 시절 자신이 키우던 감정이었다는 것을 알면서도 그 긴 그리움을 후회하지 않겠다고 정리했다.

그녀는 담당 의사에게 미루었던 수술을 하겠다고 말했다.

미련한 사랑을 숨긴 채 죽고 싶지 않았던 그녀였다.

이젠 굳이 그럴 필요가 없었다.

그녀의 사랑

나는 그녀의 얼굴을 기억하고 있었다.

교문 옆에 서 있는 그녀는 왜 내 이름을 입 밖으로 내놓으며 나를 찾고 있는 것일까?

교대의 캠퍼스를 나누어 개교한 H여중의 운동장은 넓지 않았다. 한 학년만 해도 천 명에 가까운 학생들이 체육대회를 하느라 모두 나와 운동장을 채우고 있었다.

아버지의 그녀는 그렇게 교문 옆에서 한동안 서 있었고, 나는 내 이름을 기억하는 그녀에게 분개하며 아카시아 숲으로 들어갔다.

어차피 운동에 소질이 없던 나는 반 대항 줄다리기에만 참여하면 되었다.

작고 단아한 모습의 그녀는 입이 조금 앞으로 튀어나온 얼굴 때문에 고모들이 그녀 얘기를 할 때마다 못생겼다고 입을 모았었다.

그녀는 아버지의 애첩이었다.

오랜만에 집에 들른 아버지는 우리를 새 옷과 새 운동화로 치장하게 한 뒤 퇴계로의 대한극장에 데려가 〈십계〉라는 영화를 보여주었고, 왕십리에는 없던 큰 제과점에서 빵과 아이스크림을 사 먹였다. 그때 그녀를 처음 보았다.

나는 내 이름을 부르며 아는 체하는 그녀에게 인사를 하지 않았다. 그녀의 질문에 아예 입도 뻥긋 않았고 빵도 먹지 않았다.

노타이에 머플러, 카디건, 런던포그 버버리, 갈색의 세무 구두로 멋 내기를 좋아한 아버지는 집에 쌀이 떨어져도 동네 아줌마들의 눈길을 끄는 차림으로 다녔다.

자식들 앞에 아무렇지 않게 내연녀를 보여준 아버지를 그때나 지금이나 이해를 할 수 없는 것은 마찬가지이다.

나는 아버지를 경멸했다. 그가 유식한 말을 늘어놓으며 훈계를 해도 귀에 담지 않았다. 학교에 내야 하는 가정환경 조사서에 철물점을 운영한다고 쓰는 게 거짓이란 것을 이미 알고 있었고, 그것이 창피했다.

도박장을 운영하던 아버지가 단속을 피하지 못해 고척동 어딘가에서 철장 신세를 지게 되었을 때였다.

　엄마는 새벽에 일어나 나를 흔들어 깨운 뒤 동생들의 아침밥과 학교 갈 채비를 당부하고 집을 나섰다. 그러나 엄마는 번번이 아버지의 면회를 할 수 없었다. 하루 한 번 허락되는 면회를 먼저 온 그녀가 차지했기 때문이었다. 엄마와 고모들이 아버지의 면회를 위해 택시를 타고 서둘러 도착했을 때 그녀는 아직 문을 열지 않은 그곳에 먼저 와 있었다고 한다. 결국 본처와 첩이 함께 아버지를 면회하는 진풍경이 벌어졌고, 아버지는 매일 그곳을 들르는 그녀가 마련한 내복에 솜을 누빈 수의까지 챙겨 입고 있었다고 한다. 별수 없이 그녀에게 아침밥까지 사 먹여 보냈다는 것이 고모들의 후일담이었고, 엄마는 그날 이후 아버지의 면회를 가지 않았다.

　아버지가 제주도에서 지내던 어느 날, 그녀가 과자 선물 세트와 과일을 들고 집으로 찾아왔다. 엄마는 막내를 업고 안채 마루의 쪽문을 통해 함께 세 들어 사는 미장원으로 몸을 피했다.

　나는 다락으로 올라갔다. 기억을 더듬어보면 어두운 다락방에서 알전구를 켠 채 계몽사 문학 전집을 꺼내 읽었던 것 같다.

　그녀는 엄마 대신 나선 도미 엄마에게 자신이 찾아온 용건을 꺼냈고, 그것을 소문으로 퍼뜨린 도미 엄마는 아마도 엄마에게 머리채를 잡아 뜯겼던 것 같다.

그녀는 담배 가게가 달린 집 한 채와 엄마의 이혼을 맞바꾸자고 했고, 그 뒤에도 여러 번 엄마를 설득하려고 했다는데 이 일은 엄마가 불러주는 대로 아버지에게 보내는 편지를 쓰면서 알게 된 일이었다.

나는 학교로 나를 찾아온 그녀를 엄마에게 말하지 않았다.

형편이 어려워진 우리 집은 점점 더 작은 곳으로 이사를 해야 했고 사근동 굴다리를 지나는 화물열차 소리가 나는 동네에서 살게 되었다.

언덕길 옆에 있던 집이었는데 그 언덕은 같은 학교의 아이들이 많이 지나다녔다. 그 집에 산다는 것을 아이들에게 보이기 싫었던 나는 주로 학교에 남아서 공부를 했고 해가 질 무렵 집으로 왔다.

아버지가 불도 켜지 않은 방에 웅크리고 앉아 있었다. 엄마와 동생들도 보이지 않았다.

그날의 상황을 보고 있던 동생의 말을 빌리자면 이렇다.

그녀가 아버지를 찾아 집에 왔고 때마침 집에 있던 아버지가 울며 매달리는 그녀의 뺨을 냅다 갈기며 "정신 좀 차려."라며 소리를 질렀다. 그녀는 그 자리에 주저앉아 한참 울어서 결국 아버지가 달랜 뒤 보냈다.

여자들은 때로는 사랑에 죽기 살기로 매달린다.

이루지 못한 사랑에 스스로 목숨을 끊은 여자도 있다.

나는 사랑에 아파하는 여자들을 볼 때마다 나의 아버지를 찾아다니던 그녀를 떠올리게 된다. 그녀의 무모한 사랑을 기억해 줄 아버지는 이제 이 세상에 없다.

그녀에게 함부로 돌을 던질 수 없다

그녀는 부모를 일찍 여의고 보육원에서 자랐다고 했다. 식당에서 일할 때 만난 남편은 군대에 말뚝을 박은 하사였고, 그들은 월세방에서 동거를 시작했다. 그녀는 첫아들을 낳고서야 전라도에 있는 시댁에 인사를 갈 수 있었다.

남편이 혼인신고를 미루고 해주지 않아 어린 아들이 아프면 아들 또래를 기르는 다른 집의 의료보험 카드를 빌려 병원에 데려갔다.

나이며 처지가 고만고만한 부대원들의 아내들에게 그녀는 조롱거리였다. 사계절의 옷이 별반 다르지 않은 그녀의 별명은 '검정 쫄바지'나 '파란 쓰레빠'였다. 그러나 그녀는 눈이 얼어붙은 빙판길에도 낡은 고무 슬리퍼를 신고 다녔다.

그녀는 아기를 업고 식당에 나가 설거지를 하며 열심히 살았다. 그녀가 기가 죽은 채 남편을 하늘처럼 여기며 살았기 때문에 남편은 기고만장하여 그녀를 종 부리듯이 하였다. 그녀는 남이 버린다고 내놓은 옷을 가져다 입으면서도 남편과 아이는 깔끔하게 사 입혔다.

그녀가 남편 부대의 상관 집 김장을 돕고 허드렛일을 도맡아 한다는 말도 떠돌았다. 그 덕분인지 그녀의 남편은 다른 동기들에 비해 진급이 빨랐고, 준위 시험에도 붙어 모두가 부러워했다.

아무튼 그녀는 그녀를 흉보던 여자들보다 일찍 월세방을 벗어났고 연립주택을 샀다.

그녀의 남편이 술집 아가씨와 바람이 났을 때였다.

그녀는 그 아가씨에게 찾아가서 무릎을 꿇고 손바닥까지 비비며 사정을 했다. 부대에 알리라고 부추기는 사람들의 말을 듣지 않고 그녀는 하던 일을 열심히 했다.

그녀는 훈련을 핑계로 집에 돌아오지 않는 남편을 군소리 없이 기다리고 또 기다렸다.

약국으로 커다란 상자 두 개를 안고 약국으로 들어가는 남자는 지난주에 그녀에게 박카스를 주었던 총각이었다.

"총각 먹어요."

"저는 마셨어요. 누님."

그녀는 고아로 자란 자신을 누님이라고 불러주는 그 총각에게 단번에 정이 갔다. 그녀는 밥공기에 밥을 꾹꾹 눌러 담고 제육볶음도 한 국자 더 담아 총각에게 갖다주었다.

그날 이후 그녀는 안 바르던 립스틱을 사고 꽃무늬 티셔츠도 샀다. 그 총각이 식당에 올 시간 즈음에 그녀는 주인에게 소화제를 사러 간다고 말한 뒤 약국 근처에 서 있었다. 그 총각에게 양말을 주고 싶었기 때문이었다.

그 총각은 김화읍에 약품을 배달한 뒤 다시 돌아와 그녀를 기다렸고, 그녀는 식당 일을 마친 뒤 그에게 먹일 만두며 어묵을 사 들고 그 총각의 봉고차를 탔다.

그녀는 그 총각에게 무조건 잘해주고 싶었고, 그렇게 하는 것이 즐거웠다. 그녀는 다시 생기를 찾고 있었다.

그녀가 집을 나갔다. 남편에게 순종만 해오던 그녀가 중학생 아들과 초등학생 딸을 두고 사라졌다.

사람들은 그녀가 금방 돌아올 것이라고 말했지만 그녀가 일하던 식당 주인은 달랐다.

"옥순이가 다시는 오지 않는다며 못을 박고 갔어."

그녀의 남편은 흉흉한 소문을 피해 군 생활을 접고 아이들을 데리고 고향으로 갔다.

그 뒤 동네를 떠들썩하게 했던 그녀에 대한 소문도 잦아들었다.

간혹 그녀에 대해 궁금해하는 사람에게 식당 주인은 매번 똑같은 대답을 했다.

"돌이 안되어 보이는 계집아이를 등에 업고 있는데 지 엄마를 닮아 눈이 큰 게 이쁘더라고. 그 바보가 금반지를 낀 손가락을 나한테 들어 보이던데. 그 총각과 식을 올린 것 같아. 에이그 잘살아야지. 옥순이 그게 지 서방한테 얼마나 잘했어, 그게 착하기만 했지. 정에 굶주려서."

아무도 그녀에게 함부로 돌을 던질 수는 없었다.

한겨울의 댄스

나는 아이들의 하교를 기다리면서 휴게실 창밖을 내다볼 때가 많다.

새로 세운 고층아파트에 가려진 하늘을 훔쳐보고 맞은 편에 있는 건물 세 개에 **빽빽하게** 들어찬 간판들과 광고 현수막을 읽었다.

'줌바 휘트니스'는 그 앞을 지날 때마다 큰 음악 소리를 눌러버리는 여자들의 고성에 몇 번이나 놀랐지만 '다이어트 성공, 다이어트 맛집, 인생 최고의 성형은 다이어트, 일단 드루와, 너는 줌바 할 때가 가장 예뻐'라는 현수막을 가득 붙인 것으로 봐서 그곳의 주인이 회원 모집에 적극적이라고 여겨진다.

이에 맞선 남자들의 운동을 위한 '근육 맛집'은 요즘 외모를 신경 쓰는 남성들을 끌어들이는 영업 아이디어라는 생각이 들었다.

운동하다 보면 배가 고파서 더 먹게 된다고 푸념을 하던 앞집의 아주머니 말씀대로 '줌바 휘트니스' 옆에는 맥주가 그려진 '굽자 레

스토랑'이 있고 '황제 족발'과 '전의 전설'도 있다.

　돈벌이를 안 해도 되는 팔자 편한 여인들이 집에서 낮잠이나 자면서 빈둥거리다가 사교댄스장으로 날아다니는 것보다는 '줌바 댄스'를 추며 다이어트하고 스트레스도 푸는 것은 좋은 방법이라는 생각이 들었다.

　아주 오래전의 일이다.

　워낙 추위를 많이 타는 내가 몸을 웅크리고 바삐 길을 건너는데 여자 네 명이 눈에 들어왔다. 아는 얼굴들이었다.

　나는 몰려 있는 여자들을 만나면 간단한 눈인사만 하고 지나간다. 자칫하면 그녀들의 수다에 말려들기 때문이다.

　그녀들은 모두 긴 머리에 컬을 넣어 늘어뜨렸고 짙은 화장을 하고 있었다.

　'안녕하세요?'

　그녀들은 입을 모아 큰 소리로 인사를 했다.

　'나, 즐거워요!'라고 외치는 듯한 한 톤 올린 목소리, 꽃무늬가 가득한 얇은 스커트, 하이힐.

　한겨울에 맞지 않는 봄 차림을 한 그녀들이 다시 입을 모았다.

　"우리 좋은 데 가요. 선생님."

　"네, 잘 다녀오세요."

나는 그녀들의 웃음소리를 뒤로하고 집으로 돌아왔다.

여자들은 충동에 약하다. 주저하던 여자들 셋만 모이면 용기가 백배가 되어 그녀들은 훨훨 나는 나비가 된다.

카바레에 가서 남성들과 사교춤을 추는 것에 빠졌던 순진한 시골 여인들의 이야기는 결과가 그리 좋지 못한 소문이 되어 한동안 떠돌아다녔다.

퇴근길이었다.

오늘도 '줌바 휘트니스'에서는 리듬이 빠른 음악과 함께 동네가 떠나갈 듯이 소리를 지르는 여인들의 외침이 건물 밖으로 달려 나왔다. 나는 그 소리가 여전히 귀에 익숙하지 않아 얼른 그곳을 지났다.

건강한 여인들이여.

그대들이 배꼽티를 입을 수 있는 날을 위하여 화이팅!

강남행 시외버스

매주 토요일. 나는 신철원의 가족센터로 강의를 나간다.

토요일 아침의 시외버스터미널은 휴가를 나온 군인들로 가득하다. 그들은 집으로 가기 위해서 동서울로 가는 버스나 강남으로 가는 버스를 기다리고 있다. 미리 와서 줄을 서고 있는 군인들이 많게 되면 그들로 버스가 만차가 된다.

매표소에서 만차를 알리기 전에 버스표를 사려면 항상 충분한 시간 여유를 두고 집에서 나가야 한다.

시외버스터미널 여기저기서 통화하는 소리가 시끌시끌하다. 그들은 엄마와 통화를 하거나 애인과 약속을 잡고 있다. 매표원이 내미는 카드와 버스표를 가방에 챙기고 돌아서는데 항상 만나는 일행 중 한 명이 줄에 선 채 손을 흔들어 보였다.

운전기사 뒤의 좌석과 그 오른편 좌석이 내가 토요일마다 얼굴을 보는 일행의 고정석이다.

일행 중 두 명은 매일 이 버스를 타고 일하러 다니기 때문에 기사와 친하다. 그녀들은 사탕이며 드링크제를 기사에게 주며 수다를 떨기 시작한다.

"어제 그 기사 아저씨 고맙던데, 고맙다고 말 전해줘요. 젊고 얼굴이 동그래. 우리가 막 떼를 썼지. 내려 달라구. 아줌마들이 주책이라고 욕했을 거야. 히히히."

퇴근길에 고석정의 꽃밭 축제 전야제에 가기 위해 정류장도 아닌 곳에서 내린 이야기를 시작으로 출연한 가수와 노래에 이어 무명 가수들의 설움까지 이야기는 끝이 없었다.

내 옆에 앉은 언니가 핸드폰 안에 담긴 외손주의 사진을 확대해서 보여주었다.

"어머나 잘 생겼네요. 누굴 닮아 이목구비가 이렇게 또렷하나. 언니가 이쁘니 따님도 이쁘겠네요."

나는 맏이로 언니라는 호칭을 듣고 지냈기 때문에 다른 사람을 언니라고 부르는 것에 익숙지 않다. 요즘 여자들의 외모는 나이를 분별할 수 없기에 동생뻘로 보이는 사람이 나보다 많은 나이일 때도 있다. 그러나 그녀는 결혼 전 같이 근무하던 교사의 동창이므로 나보다 두세 살은 많은 게 확실했다.

　그녀는 딸의 집에서 일하는 돌보미가 쉬는 휴일에는 딸네 집에 가서 손주를 돌보고 있었다. 강남의 아파트는 출입이 까다로워 드나들 때 실수를 한다며 딸이 강남에서 잘사는 것을 내비치는 그녀에게 맞장구를 쳐주었다. 잘사는 딸자식은 그 엄마의 대리만족이기 때문이다.

"자, 이거 입에 털어 넣어. 몸에 좋다니까."

　팔을 뻗어 콜라겐 포를 우리에게 나눠주는 이 사람은 내가 시댁에서 나와 세를 살던 집 맞은편에 살던 여자이다.

　건축업을 하는 남편 때문에 그 동네에서 제일 큰 집에 살고 있었고, 일꾼들의 식사 준비로 항상 자전거 뒤에 부식 거리를 싣고 다니며 바지런하게 움직이던 기억이 남아 있다. 그녀 옆에 앉은 여자 역시 포천에서 같은 일을 하는 여자인데 나이가 훨씬 아래로 보이고 과묵한 편이라 그녀의 목소리는 어쩌다 한 번씩 들을 수 있다.

　그녀들은 이곳에서 나고 자랐기 때문에 '어느 동네에 사는 누구네 집 아무개'라고 콕 집어 말을 하지 않고 '거, 왜, 오빠가 이번에 다 털어먹은 집'이라고만 말해도 잘 알아듣는 게 내게는 신기했다.

　여자들은 대화를 트면 항상 자신의 결혼을 털어놓는다.

　노총각, 노처녀라는 말이 있던 그 시절, 그녀들은 선을 본 사람이 아닌 엉뚱한 계기로 만난 사람과 결혼을 한 것을 얘기하다가 피할 수 없는 것이 '부부인연'이라고 결론을 지었다. 거기에 덧붙여 "암만 미워도 서방이 있는 게 낫다."라는 말에 수긍들을 했다. 과연 그럴까? 이 여자들은 적어도 남편의 그늘 덕을 보며 살았나 보다.

처음 그녀들을 버스 안에서 만났을 때 나는 아는 체를 하지 않았다. 그녀들 중 한 명이 "나 모르겠어?" 하며 말을 건넸고, "무슨 일을 하러 가느냐?"는 그녀의 질문에 나는 내 직업을 말을 해야 하는지 망설이다가 대답을 했다.

한 집을 건너도 그 집의 수저 개수도 훤히 아는 지역사회인 이곳의 여자들은 그들이 만드는 거리두기가 있다. 나는 타지 출신인데다 학원 강사로 일하면서 각양각색의 여자들을 겪어봤기 때문에 잘 알고 있었다.

아무튼 나의 염려는 기우인 것 같았다. 육십 중반인 그녀들은 나를 그녀들의 대화에 끌어들였고, 나는 가벼운 동조를 하며 대화의 소재가 나와 상관없어도 잘 들어 주는 역할만을 한다.

나는 삼십여 분을 채 못 가서 먼저 내린다.

그녀들은 인사를 한마디씩 해준다.

"즐겁게 지내다 만나."

"어깨 펴요. 그 운동 꼭 해봐요."

"잘 가. 볼 때마다 아쉽네. 다음에 또 올 거지?"

버스에서 내려 센터로 걸어가는 동안 그녀들이 애창하는 노랫말처럼 잘 익어가는 그 여인들을 얼른 내려놓지 못했다.

나는 그녀들이 보여준 푸근한 정을 타국에서 온 다른 아줌마들에게 나눠 주려 한다.

언니들 만세!

'백세시대'를 살게 되는 우리는 스스로 해결해야 할 과제가 있다.

길어진 노년의 시간에 무엇을 어떻게 하면 보다 만족에 가까운 노년을 보낼 수 있는지에 대해 한 번쯤은 생각해보았을 것이다.

여기 노년을 위해 새 출발을 한 여인과 꿋꿋하게 자기계발을 계속하는 언니 두 분을 소개한다.

서울에서 살다 이곳으로 와서 살게 되었다는 언니는 붓 터치가 아닌 나이프로 그린 유화를 선보였다.

언니가 처음 미술 동호회에 신입 회원으로 들어왔을 때, 여유가 있는 미술회원들만 미술학원에 등록하여 정식으로 수업을 받고 있었다. 그러나 이 언니의 그림은 그들을 뛰어넘는 수준이었다.

서울의 문화센터에서 그림을 시작했다는 언니의 그림은 대상을 바라보는 구도, 그림의 이미지를 그대로 전하는 색상부터 나의 눈길을 끌었다.

　세련된 그림과 서구적인 외모와 상반된 그 언니의 구수한 충청도 사투리를 듣고 있다 보면 처음엔 잠시 어색하다가 어느새 푸근한 정에 감겨버리고 만다.

　손재주 좋은 언니는 염색 공예를 배운 뒤 스카프를 만들기 시작했다. 그리고 인터넷으로 프랑스자수를 배웠다.

　지금 그 언니는 철원역사문화공원의 한 부스에서는 천연 염색 스카프와 천으로 된 가방을 팔고 있다. 가방에는 언니가 수놓은 색색의 꽃들이 얇은 꽃잎을 팔랑이고 있다.

　천연 염색의 순박함과 세련된 자수의 어울림은 언니의 모습 그대로이다. 칠십을 앞둔 나이에 자신의 손재주를 살려 창업을 한 언니를 응원한다.

　팔방미인인 이 언니는 언제 어디서나 당당하다. 그리고 일흔이 넘은 나이에도 매우 부지런하다.

　오래전부터 시를 써서 지금까지 쓰고 있고, 수채화도 20년을 넘게 그리고 있다. 그뿐이 아니다. 억척스럽게 일하는 남편 때문에 두 손을 가만히 놀릴 수 없었을 시골 생활 속에서도 사군자를 배우기 시작하여 그 길고 어려운 과정을 마친 것이 더 놀랍다.

　며칠 전에 시낭송회에 갔을 때 나는 모처럼 언니와 마주 앉아 인사를 나눌 수 있었다.

나는 언니가 철원에서 무슨 일을 하고 살았는지 물어본 적이 없다. 십 년 전인가. 지역축제에 동호회 그림 전시를 하면서 페이스 페인팅 봉사를 할 때였다. 언니는 나를 데리고 축제의 이곳저곳을 함께 구경한 뒤 밭일을 해서 돈을 벌었다고 하면서 감자전을 사 주었다.

나는 순해 보이지만 고집이 있어 보이는 언니가 그냥 좋았다. 그러나 그 뒤 언니를 볼 수 없었다.

여자의 삶은 저마다의 애환이 있다. 모두가 바라는 순탄한 결혼 생활을 하는 여자가 과연 몇이나 될까?

남편이 천식으로 몇 년 동안 고생을 하다가 세상을 떴다는 얘기를 이번에 들었다.

언니의 쉼 없는 자기계발은 본인이 힘들 때마다 스스로 일어설 수 있던 원동력이었을 것이란 생각이 든다.

한자리에서 뿌리를 내려 당당하게 키를 높이고 가지를 늘이며 제 몫을 하는 나무 같은 언니가 건강한 몸으로 또 다른 시작을 하길 바란다.

석류

'오늘 오후 12시 26분 혜령이가 아들을 순산했어. 우리, 할매, 할배 됐어.'

알림음을 무음으로 해두어 뒤늦게 영숙이의 카톡을 확인했다.

얼마나 잘된 일인지 모른다. 결혼 후 아이 소식이 없어서 시어머니의 눈치를 봐야 했던 딸 같은 혜령이가 아들을 낳다니 기특했다.

'난 눈물샘이 막혀서 눈물도 안 나와. 애들 아빠는 훌쩍거리더라구.'

친구와 남편은 맏딸의 뒤늦은 득남에 너무 기쁜 나머지 눈물을 흘린 것 같다.

영숙이는 나의 유일한 친구이다.

나와 동생들이 아버지의 명령으로 철원에 오게 된 뒤 영숙이와 만나지 못했다. 아버지는 외출도 못 하게 했고 나 역시 아무도 만나고 싶지 않았다.

어느 날 고석정에 관광을 오게 된 영숙이 어머니가 마침 우리 식당에 들러서 내 이름을 대고 나를 찾았고, 유아원에 근무하던 나는 나중에 그 얘기를 엄마를 통해 전해 들었다.

훗날 새언니와 함께 마을 이장 집을 돌며 기어코 나를 찾아낸 영숙이. 그때 나는 결혼을 한 뒤였고 시집살이를 못 견디고 단칸방으로 나와 살 때였다.

친구의 그런 발품은 그 뒤에도 계속되었고, 그 덕분에 우리의 만남이 지속될 수 있었다.

영숙이는 바빠서 시간을 낼 수 없는 나를 탓하지 않는다. 대신 카톡으로 항상 지켜보면서 나를 챙겨준다.

'사랑하는 내 친구야. 건강하게 잘 지내. 아프면 나만 손해야.'

'추운 날씨 예보를 하면 항상 내 친구가 걱정돼.'

'날이 너무 추워. 꽁꽁 싸매고 다녀.'

'스스로 자존감 떨구지 마. 잘 있는 거니?'

'오십 대 여러분, 넘어지면 안 됩니다. 다음 내용을 꼭 2회 정독하세요.'

그녀는 직장과 시댁을 바쁘게 돌아쳐야 하는 내게 안부와 위로, 건강 정보 등을 카톡으로 알려왔다.

나와 영숙이는 고2 때 만난 사이이다.

제비뽑기를 해서 짝으로 만났던 영숙이는 작은 체구에 얼굴이 희고 귀여운 아이였다.

나는 아침 통학 시간 때마다 금호동 사거리에 가득한 학생들 때문에 만차가 되는 버스를 제때 타지 못했다. 다음 버스를 타고 종로 1가에서 내려 안국동에 있는 학교까지 걸어가면 항상 지각이었다.

아마도 영숙이가 보기에는 새로 짝이 된 아이는 지각을 자주 하고 팝송 가사로 연습장을 채우는 키 큰 아이였을 것이다.

'우리의 추억이 없어졌구나. 학교가 강남으로 가고 전통매듭 공예박물관이 되었어.'

영숙이는 우리의 여고 시절 흔적을 찾아 공예 박물관의 이곳저곳을 사진 찍어 보냈다.

안동별궁이었던 학교는 너른 잔디밭이 있었고, 학교 축제 때에는 내 시화가 잔디 위에 전시되기도 했었다.

신축 건물 때문에 잔디가 전보다 좁아져 보이지만 200년이 넘었다고 알려진 은행나무는 남아 있었다.

"우리 여기서 꼭 사진을 찍자."

지금처럼 스마트폰이 없던 시절, 학교의 사진사 아저씨가 계셔야 사진을 찍을 수 있던 우리는 은행나무 앞의 사진을 번번이 놓쳤다. 비라도 내리면 바닥을 노랗게 물들인 채 은행나무가 빈 가지를 드러냈기 때문이다.

학교의 위치 덕분에 우리는 청와대 부근을 청소하는 여고생이 되어 애국 청소년의 사진을 남겼다. 그리고 교문 앞으로 전교생이 나가서 지나가는 카퍼레이드에 환호를 보여야 했다. 우승하고 돌아온 운동선수에게는 태극기를, 미국의 부통령에게는 성조기를 흔들어 보이는 열렬한 시민 노릇도 자주 했다.

'석류가 임신을 가져오는 풍수 그림이라고 해서 사촌 조카에게 그려달라고 했어.'

나는 그 카톡을 보자마자 캔버스를 주문했다.

새 캔버스 위에 영숙이 딸을 위한 그림을 그릴 작정이었다.

나는 틈나는 대로 캔버스에 매달렸다. 그리고 탐스러운 석류에 알알이 가득 들어찬 석류를 그리며 한 올 한 올 수를 놓듯 정성을 들여가며 채색을 했다. 혜령이가 아기를 잉태하기를 간절하게 기도하는 영숙이의 소원이 이루어지길 바라는 마음이었다.

여름의 무더위가 조금 잦아들 무렵이었다.

'혜령이 9년 차 임신.'

'네 석류 그림 덕분인가 봐.'

간절하면 이뤄진다는 말이 있다. 나의 석류 그림을 침대 위에 걸어 둔 기대, 그 기대를 위한 한결같은 바람, 혜령이를 향한 모든 이들의 결 고운 소망이 잉태 소식을 가져왔을 것이다.

손주를 얻어 한시름 놓은 친구는 요즘 주말에 손주를 돌보느라 밤잠을 못 자고 있다는 즐거운 비명을 지르고 있다.

'○월 첫날입니다. 누군가 첫날에 행복을 빌어 주면 그달은 내내 행복하다지요.'

그녀가 보내는 카톡은 내게 용기와 희망을 준다.

'내가 매일 기쁘게!'

'국화처럼 원숙하게!'

그녀는 직접 그린 수묵 수채화와 캘리그라피를 내게 보낸다.

나는 내게 든든한 의지가 되는 그 작품들을 지인에게 퍼 나른다. 내가 얻은 힘을 여럿에게 나눠 주고 싶어서다.

'너는 나의 벗!'

우리는 십 대에 만나 환갑을 넘긴 오랜 벗이다.

나는 참 행복하다.

인생의 마지막 순간에도 곁에 있어 줄 벗이 있기 때문이다.

그녀의 용꿈

"이름이 뭐예요?"

"······소나무······."

나는 그녀가 하는 말 중 '소나무'만 알아들었다.

그녀는 태국 출생의 결혼이민자였다.

내가 한국어 교원 자격증을 취득한 뒤 가르치게 된 첫 학생의 한국어 이름은 한 소나무였다.

다문화센터의 연락을 받고 그 집을 찾은 첫날이었다.

"까막눈이야. 한국에서 4년을 넘게 산 셈인데."

그녀의 시어머니는 사용했던 한글 교재와 공책을 내 앞에 내밀었다. 시아버지는 벽에 붙여 사용하는 한글 브로마이드를 펼쳐 보였다.

"어머나 시부모님들께서 애를 많이 쓰셨군요. 우리가 영어책을 읽는 것이 힘든 것처럼 소나무에게는 한글이 낯설고 많이 어려울 겁니다. 천천히 반복하면서 익혀야 하고 일상생활에서 사용하는 한국말도 함께 공부하면 빨리 터득하게 됩니다."

나는 가만히 앉아 있는 소나무와 말을 나누고 싶었으나 시어머니는 며느리가 된 그녀의 상황들을 계속 늘어놓았다. 한국어보다 한글을 떼는 것을 먼저 요구하는 이유는 앞으로 생길 손주를 위해 며느리가 까막눈부터 벗어야 한다는 것이었다.

나는 한글의 모음을 제스처로 익히는 것을 시범으로 보여주었다. 시어머니가 소나무보다 더욱 열성적으로 제스처를 따라했다.

다음 수업 일이었다. 골목으로 걸어가던 나는 소나무가 길가에 서 있는 것을 발견했다.

"안녕하세요. 나 집. 이거."

그녀는 다급하게 나를 시댁의 옆 건물 2층으로 데려갔다.

수다스러운 시어머니가 없는 수업을 할 수 있다는 것이 내게도 그녀에게도 다행이었다.

그녀는 태국어를 한국어로 전환하는 스마트폰 앱을 사용할 수 있었고, 나는 눈치껏 그녀의 의중을 알아채며 수업을 진행했다.

한국에 와서 식당, 공장, 파프리카 농장 등에서 일을 해왔던 그녀는 43살로 나이도 적지 않았다. 점잖고 예의가 있어서 택했다는 남편과 아기를 낳아 한국에서 오래 살고 싶은 것이 그녀의 꿈이었다.

한글과 한국어 수업이 개월 수를 더해갈수록 그녀는 변환기 앱과 함께 미숙한 한국어를 곁들여 사적인 이야기를 많이 했다. 고향에 있는 엄마와 동생들, 월급을 떼먹은 식당 사장들, 임신이 안되는 고민을 털어놓으며 울 때도 있었다.

식당 일을 돕는 그녀는 한동안 한 명을 1인분이라고 하고 윗사람을 무조건 사장님이라고 표현했다. 그러나 남편과 시부모를 공경할 줄 알고 내게도 예의가 깍듯했다.

나는 자주 그녀의 용기를 칭찬해주었다. 왜소한 몸집으로 먼 이국땅에 돈을 벌러 온 것과 나이 차가 많은 남자와 국제결혼을 한 것이 보통의 용기는 아니었을 것이라고 짐작했기 때문이었다.

추석 연휴 뒤에 들른 그녀의 집 거실 벽 중앙에는 윤이 반질거리는 붉은 고추 다섯 개가 실에 묶여 걸려 있다.

임신을 바라는 시어머니의 비책일 것이다.

나는 그녀의 장식장 위에 놓인 용을 가리켰다. 태국에서 가져왔다던 그녀의 애장품이었다.

"잘 때 행복한 생각을 많이 하고 용꿈을 꿔요. 좋은 일이 있을 거예요."

나는 동작을 크게 하며 제스처와 함께 어렵사리 말을 전했고, 그녀가 두 손을 기도하듯 앞으로 모았다. 눈을 감은 채 그녀가 말했다.

"베이비 와요. 빨리빨리."

나는 그녀의 간절한 마음에 답을 주듯이 그녀의 어깨를 토닥여 주었다.

같은 하늘 아래

일주일에 두 번 있는 한국어 수업은 다문화가족지원센터에서 지원하는 결혼이민자들을 위한 수업이다. 수업을 듣는 학습자들은 한국 남자와 결혼하여 가정을 이룬 외국 여성들이다.

내가 맡은 기초반 학습자들의 출신국은 이집트, 캄보디아, 베트남, 태국, 일본, 중국으로 다양하다.

결혼이민자 여성들은 대부분 국제결혼 중개업체를 통해 한국 남자와 결혼하게 된다. 그녀들은 젊지만 결혼 적령기를 훌쩍 넘긴 남자와 결혼을 한 경우가 많다. 그리고 취업 비자를 내어 한국에 와서 일하다가 함께 일하던 한국 남성과 결혼을 한 여성도 있다.

내가 한국어 교원이 되기로 결심을 하는 데 도화선이 되었던 것은 다문화가정의 아이들이었다.

2년 전, 나는 초등학교에서 교육청 학습 클리닉 강사로서 일을 한 적이 있다. 교육청은 학교의 수업을 정상적으로 받아들이기 힘든 대상자들을 선별하여 학습 클리닉을 진행시켰는데 그 대상자들의 대부분이 다문화가정의 아이들이었다.

결혼이민자인 엄마가 한국어에 서툴러 모어를 더 많이 사용했기에 아이들 역시 제대로 된 의사 표현과 한글에 취약했다. 이것은 아이들의 학습에 대한 이해도를 낮게 했고, 교과목에 전혀 흥미를 느끼지 못하게 되는 원인이 되었다. 처음에는 학업 성취도가 턱없이 부족한 아이들 때문에 나 역시 가르칠 의욕을 잃어 갔었다. 그러나 점차 시간이 지나면서 기초를 터득하고 한글을 또박또박 읽는 아이들을 지켜보던 나는 한국어 교원 취득시험 준비를 하기로 마음을 다잡았다. 학교에서 겉도는 그들에게 필요한 것은 한국말을 잘 알아듣고 한국말을 잘할 수 있는 엄마였기 때문이었다.

한국어 초급반 수업은 벌써 7개월을 맞고 있다.

나는 줌 화상 대기실에 있는 학습자들의 참가에 수락을 클릭했다. 하나둘 화상에 등장하는 그녀들의 표정은 점점 밝아지고 있었다. 참으로 다행한 일이다.

왕 씨는 두 달 뒤에 한국으로 놀러 오는 엄마의 용돈과 선물을 위해 식당 아르바이트를 하느라 오늘도 불참이고, 도시미 씨는 입덧이 심해 수업에 불참이다. 낫페는 더 이상 수업을 들을 수 없게 되었다. 남편이 밤에 여는 포장마차를 개업하여 그녀의 생활은 밤낮이 바뀌었고 오전 10시에는 도저히 일어날 수 없기 때문이었다.

한국어 수업을 받는 결혼이민자 여성들은 한국에서의 생활이 안정적인 사람들이다. 남편들이 다문화가족지원센터와 교류를 하고 아내에게 한국어 수업을 받게 한다는 것은 다문화 가정을 잘 이끌어가겠다는 남편들의 긍정적인 다짐이기 때문이다. 남편들의 지지가 클수록 그녀들의 수업 참여도는 높았지만 다문화 가정을 이룬 후 집에 고립되어있는 여성들도 제법 많다. 그 이유는 결혼이민자 여성들이 한국어를 알아듣고 말할 수 있게 되면 가정을 버리고 가출을 하게 된다는 편견을 지닌 남편들도 있기 때문이다.

수업이 시작되었다.

"안녕하세요? 여러분. 지난 주말을 잘 지냈어요? 선생님은 여러분이 보고 싶었어요. 모리카 씨, 예뻐요. 잘 지냈어요?"

나는 학습자들 한 사람 한 사람에게 친근한 인사를 건넸다.

"여러분이 오늘 배울 것은 '한국 생활이 어때요?' 복습입니다."

나는 교재에서 어휘를 다시 읽게 하고 준비한 PPT로 음성 파일을 들려주었다.

교재에 학습자들이 고향을 소개하는 연습문제가 나왔다.

나는 PPT로 준비한 세계지도에서 그녀들의 고향을 일일이 펜으로 가리켰다.

"와. 여러분 고향이 멀지요? 세계는 이렇게 넓어요. 그러나 하늘은 한 개."

"하늘, 엄마 봐요. 나도. 아니. 저도 봐요. 나 하늘, 엄마 하늘. 새임(same)."

내 말을 자르고 말을 한 사람은 한국어가 제일 능숙한 트위였다. 그녀는 내가 말하려고 하는 의미를 아는 것 같았다.

"네. 트위 씨. 맞아요. 하늘은 모두가 볼 수 있어요. 세계는 넓어요. 그러나 하늘은 같은 하늘이에요. 여러분 그리고 여러분의 엄마. 모두 같은 하늘을 봐요."

각자의 고향이 다른 그녀들이지만 그녀들이 '고향'이나 '엄마'라는 단어를 말할 때의 표정은 하나가 된다.

그녀들이 먼 나라의 결혼이민자가 된 사연을 일일이 알 수는 없다. 그러나 나 역시 우리 엄마의 딸이므로 그녀들의 서투른 한국어에 담긴 속 마음을 짐작해 함께 나눌 수 있다.

한국어 수업을 받는 그녀들에게 나는 오늘도 어김없이 말을 하고 있다.

"여러분, 한국어는 어려워요. 그러나 여러분의 사랑하는 아들, 딸을 위해 한국어를 배워야 해요. 선생님이 여러분을 도울 거예요."

수업이 끝나갈 무렵 나는 영상과 노랫말이 예쁜 〈가을은 참 예쁘다〉라는 노래의 동영상을 보여주었다.

"여러분. '그림 속의 저 예쁜 여자가 나야.'라고 생각하세요. 어때요? 기분이 좋아졌나요? 선생님이 여러분께 추천합니다. 고석정 꽃밭에 가보세요. 가 본 사람 있나요?"

그녀들은 아무도 대답을 하지 않았다.

"사랑하는 남편과 함께 가세요. 영화배우처럼 멋지게 사진을 찍으세요. 그리고 고향에 계신 엄마에게 사진을 보내세요. 여러분이 행복하면 엄마도 행복합니다. 오늘 공부하시느라 수고가 많았어요. 우리는 다음 시간에 만나요."

"고맙습니다."

"수고하셨습니다."

"점심 식사 맛있게 하세요."

그녀들이 이구동성으로 인사를 전하며 두 손으로 하트를 만들어 보였다. 그때 도티가 종이를 들어 흔들었다. 종이에는 웃고 있는 이모티콘이 그려져 있었다. 나는 얼른 두 팔을 머리 위로 올려 사랑의 하트 모양을 만들고는 고개를 숙여 인사를 했다.

나는 그녀들이 몸도 마음도 건강한 가을을 보내기를 진심으로 바라고 있었다.

3장
당신은 소중합니다

어린 나는 늘 궁금했다.
언니도 가 본 적 없다는 일본이 정말로 무지개보다 더 예쁜 꽃들로 가득한 것인지,
언니의 엄마가 있는 곳이어서 그런 것인지,
언니의 엄마가 다시 언니를 찾아올 것인지에 대해 언니에게 묻고 싶었다.
그러나 나는 언니에게 한 번도 물어보지 않았다.

웃음소리

금학산을 두르고 있는 이 마을은 시시때때로 내게 눈요깃감을 내어준다.

나는 몸을 돌려 산봉우리 가득 피어오른 산안개를 한참 바라보고서 있었다.

타버릴 것 같은 더위가 유난히 길어지고 있었지만 요란하게 달려와 와르르 쏟아붓고 가버린 소나기 덕분에 쓰러질 듯 길가로 엎드리던 노란 금계국들이 제법 싱그러워 보였다.

나는 큰길로 곧장 나가지 않고 언덕길로 들어섰다. 먼발치의 밭에서 스멀스멀 풍겨오는 들깨 향을 맡으며 천천히 언덕을 내려와 오른쪽 사잇길로 걸어갔다.

전나무 묘목 울타리 너머로 N아파트의 뒷마당이 훤히 눈에 들어왔다.

간이 탁자 위에는 소나기를 피하느라 비닐을 씌워놓은 플라스틱 채반이 놓여 있었고 그 옆에 나란히 자리한 운동기구들 사이로 누군가가 보였다.

눈인사를 주고받을 만큼 퇴근길에 자주 마주치던 그녀가 한 운동기구 앞에 서서 원형기구에 달린 손잡이를 양손에 각각 움켜쥔 채 이리저리 돌리고 있었다.

여고로 올라가는 동네에 사는 작은 체구의 그녀는 80대로 보이는 외모와 달리 항상 부지런하게 살고 있었다.

오전에는 환경 지킴이 조끼 차림으로 한 손에는 비닐봉지를, 다른 한 손에는 집게를 들고 길가에 버려진 담배꽁초를 줍고 있었고, 저녁 무렵에는 유모차에 폐지와 종이상자를 싣고 내 앞을 지나가곤 했다. 유모차에 매달은 비닐봉지 속 알루미늄 캔들은 그녀의 발걸음을 좇아가며 딸강거렸다.

나는 계수나무 옆으로 걸음을 옮겼다.

내가 계수나무의 동글동글한 잎사귀에 코를 대고 달짝지근한 향을 맡고 있을 때 그녀는 다른 기구의 사각 판에 발을 올리고 있었다. 그녀가 남은 한 발을 마저 판 위로 올리려는 순간 잠시 휘청거렸다. 다행히도 그녀는 얼른 양팔을 벌려 몸의 중심을 잡았다. 그

녀는 앞쪽에 더 높이 놓인 판으로 그렇게 다시 올라섰다. 허공으로
두 팔을 휘두르며 자세를 잡은 그녀가 이번에는 아래에 놓인 판을
향해 한 발을 들었다.

'아이쿠.'

순간 그녀가 바닥으로 떨어졌다.

나는 재빨리 울타리를 돌아 그녀에게 뛰어갔다.

"괜찮으세요?"

나는 주저앉아 있는 그녀를 일으켰다. 그녀의 바지는 바닥에 고
여 있던 빗물에 흠뻑 젖어 있었다.

"다치신 데 없어요? 다리 괜찮아요?"

나는 그녀의 허리며 다리를 여기저기 만져보았다.

괜찮다며 계속 손사래를 치던 그녀가 사각 판 위에 걸터앉았다.
그녀가 자신을 걱정하고 있는 나를 향해 활짝 웃어 보이더니 이내
소녀처럼 깔깔거리며 말을 하기 시작했다.

"징검다리. 크크크, 내 친구랑 징검다릴 건너다가, 그때도 비가
와서 개울이 이만큼 불었는데, 으흐흐, 잘 건너다가, 걔가, 미끄
덩하더니 개울로 넘어졌어. 그걸 보구 웃는 바람에 나도 발랑 자
빠졌지, 푸하하핫. 둘 다 홀딱 젖었는데 서로 쳐다보면서 얼마나
웃었는지. 내가, 흐흐흐, 여기서 그 생각을 하다가 헛발을, 하하
핫……."

그녀가 손으로 가리키는 그 기구에는 '스텝 바'라는 이름표가 붙여져 있었고, 일곱 개의 사각 판을 높낮이가 다르게 이어 놓은 모양새가 그녀 말대로 개울에 듬성듬성 놓인 징검다리 돌과도 같았다.

서울에서 나고 자란 나는 징검다리를 직접 건너본 적은 없었다. 그러나 그녀의 장난기가 가득했던 어린 시절의 모습과 징검다리가 놓인 개울가의 풍경이 눈에 선했다.

징검다리 돌로 여긴 사각 판을 손으로 쓰다듬으며 한참을 웃던 그녀가 자리에서 일어나 유모차로 걸어갔다. 그녀가 밀고 다니는 낡은 유모차 위에는 알루미늄 캔이 가득 들어 있는 봉지가 올려져 있었다. 누군가 빈 캔을 납작하게 밟아 모아두었다가 그녀에게 건넨 것이라고 여겨졌다.

"그만 가야지. 고마워."

웃는 얼굴로 유모차를 밀고 가는 그녀의 굽은 등이 오늘따라 힘차 보였다. 그녀는 집으로 올라가는 길 내내 그 친구를 그리워할 게 분명했다.

그녀의 기분 좋은 웃음소리 덕분에 나 역시 가볍게 발길을 옮겼다.

문득 내가 다니던 H중학교의 아카시아 숲에서 훤히 보이던 긴 돌다리가 떠올랐다. 역사 시간에 학급 친구들과 조를 짜서 유적지

탐방을 했던 살곶이다리였다.

　나는 반달음박질을 하여서 아름드리로 우뚝 서 있는 산딸나무 앞에 멈춰 섰다.

　유월의 어느 날, 큼직한 꽃잎을 나무 가득 펼치고 있어서 단숨에 내 눈길을 잡아챘던 나무가 있었다. 나는 하얀 꽃 포들을 머리핀처럼 빼곡하게 꽂고 있는 나무의 해맑은 모습에 한 눈이 팔려 한동안 그 앞을 그냥 지나친 적이 없었다.

　탐스럽게 열린 꽃 포는 보면 볼수록 명랑한 웃음소리와 닮아 있었고 그 진풍경을 바라보고 있으면 나도 모르게 입가에 웃음이 번졌었다.

　나무 가득 모여서 밝게 웃고 있던 하얀 꽃 포들은 영락없는 나의 학창 시절 단발머리 친구들의 얼굴이었다.

　나는 나도 모르게, 별것 아닌 이야기에도 까르륵 웃음보를 터뜨리던 친구들에게 이끌렸고 어슴푸레한 기억 저편에 있던 그네들의 웃음소리에 귀를 기울이고 있었나 보다.

　9월의 산딸나무는 꽃잎 같던 하얀 포들을 말끔히 떨구어 내고 여물어 붉어진 동그란 열매들을 주렁주렁 달고 있었다.

양옥집 그 아이

　시아버지와 아침 겸상을 위해 일찌감치 나갔던 남편이 작은 플라스틱 항아리에 고추장을 가져왔다. 십 년이 넘도록 담그지 않던 고추장을 그것도 시어머니 혼자서 담근 것이다. 고마움보다 민망함이 먼저 들었다.

　무학국민학교(초등학교) 뒷문을 나와 언덕길을 한참 올라가면 평지가 나오면서 새로운 동네가 시작되었다. 그 동네는 계단이 많았고, 그 계단들을 얼마쯤 올라가면 양옥집이 있었다. 내가 서울에서 살던 집 중에 가장 해가 가득한 집이었다. 라일락, 아카시아, 사루비아, 맨드라미, 팬지 등이 가득한 꽃밭이 마당 한쪽에 잘 꾸며져 있었다.

　안채는 주인집이었다. 주인아줌마는 남편의 광산과 금광 이야기를 자주 했는데 세를 들어 사는 엄마에게 돈을 빌리러 오기도 했다.

아줌마에게는 두 명의 아들이 있었다. 큰아들 인성이는 나와 같은 학년이었다. 인성이는 보통 아이들과 다르게 생겼다. 왼쪽 귀와 얼굴까지 흉터가 몹시 심했다. 계속 수술을 해야 한다고 얼핏 들었던 것 같다.

인성이는 늘 손수건을 갖고 다니며 제대로 다물지 못하는 입언저리의 침을 닦았다.

나는 심술 맞은 내 동생보다 말 잘 듣는 그의 동생 인철이와 소꿉놀이를 하며 놀았다. 화단에는 소꿉놀이용 찬거리가 많았다.

인성이는 뜰 구석에 있던 큰 등나무에 기대어 선 채 우리를 물끄러미 바라보기만 했다.

어느 날 나는 고운 흙과 풀잎, 아카시아 꽃잎들을 소꿉놀이 그릇마다 가득 채워 인성이 앞에 차려주었다.

웃는 것인지 우는 것인지 모를 그 아이의 표정과 웅얼거림이 어색했으나 오른쪽에서 본 그 아이의 얼굴은 보통 아이들과 다르지 않았다.

나는 아줌마 앞에 자주 불려갔다. 그녀는 학교에서 알려준 전달 사항에 관해서 물어보았고 나에 대한 칭찬과 함께 인성이와 친하게 지내라는 당부도 덤으로 들었다. 그러나 우리 엄마는 내가 인성이와 함께 있는 것을 싫어했다. 내가 그 집에 갔다 오면 내 손이며 얼굴을 박박 문지르며 씻겨주었다.

나보다 세 살 많은 맏아들을 소아마비로 잃었으니 엄마의 터부시하는 행동은 심해질 수밖에 없었을 것이다.

엄마는 체구가 작아도 힘차고 다부졌다. 아이 넷을 기르며 시누이 세 명의 김장이나 고추장, 간장, 된장을 만들었다.

그날도 엄마는 고추장을 담글 준비로 큰솥 가득 엿기름을 거른 물을 끓이고 있었다. 아기 우는 소리가 나자 엄마는 젓고 있던 나무 주걱을 내게 건네주고 방으로 들어갔다.

8살 계집애에게 그 일은 버거운 일이었다. 나는 아차 하는 순간에 주걱을 놓쳤고, 그림자처럼 내 뒤를 따라다니던 인성이가 끓고 있는 엿기름 속으로 손을 넣어 잠겨가던 주걱을 들어 올렸다. 그게 다였다. 그러나 인성이는 손을 데었고 그 일 이후 나는 그 집 형제와 놀 수 없었고, 우리 가족은 얼마 지나지 않은 때에 그 집에서 이사를 나왔다.

5학년 12반 교실에는 인성이가 있었다.

나는 흘끔거리며 나를 쳐다보는 그 아이에게 아는 체를 하지 않았다. 흉터는 여전했고 입안에서 맴도는 말도 여전했다.

남자는 반장, 여자는 부반장으로 선출하는 학급 회의가 시작되었다. 반장과 부반장으로 친구를 추천하고 싶은 사람은 손을 들고 말하라는 담임의 말이 끝나기가 무섭게 인성이가 손을 번쩍 들었다. 그리고 여전히 웅얼거리면서 내 이름을 두 번이나 말하며 나를 가리켰다. 나는 반 아이들의 시선이 내게 쏠리는 것에 당황하여 얼른 고개를 숙였다.

선생님이 투표용지를 나눠주는 틈을 타서 몰래 그 애를 쳐다보다가 그 아이와 눈이 마주쳤다. 인성이는 얼른 손수건으로 입가를 닦았다.

그 순간 인성이가 불쑥 코앞에 내밀던 주홍빛 사루비아와 꽃에서 쏙 빼서 건네준 꽃받침 대롱이 아주 달았던 그때가 떠올랐다.

친구가 많지 않던 나는 부반장이 되지 못했고 인성이가 내 짝이 되었다. 담임선생님을 찾아온 아줌마의 부탁이었다.

인성이는 근시 때문에 칠판 글씨가 흐려 보이는 내게 공책을 보여 주었고 준비물을 가져오지 않은 날에는 내 앞에 그의 것을 놓아 주었다.

장애인을 무시하던 그 시절, 아이들은 친하게 지내는 우리를 대놓고 놀려 댔다.

어느 날 선생님께서는 인성이가 아기 때 크게 화상을 입었다는 것으로 시작하여 친구의 도움에 대해 길게 말씀하셨다.

나는 내가 놓친 주걱 때문에 인성이가 손을 데었던 일이 덜컥 떠올랐다. 나는 인성이에게 몹시 미안했다. 그러나 그런 마음과 달리

102

나는 그 아이를 살갑게 대해주지 못했다. 짓궂은 아이들의 놀림이 싫었기 때문이었다.

말없이 나를 배려해 주던 그 아이에게 고맙다고 말을 했었는지도 기억이 나지 않는다.

아직도 뜨거운 기가 남은 고추장 단지 앞에서 나는 아주 오래전 몸도 마음도 불편했을 한 아이를 기억해내고 있었다.

순천이 언니

캔버스에 그려 놓은 목련의 하얀 꽃잎을 들여다보는데 방 안 가득한 테라핀 냄새를 지우는 달짝지근한 향이 입안에 훅 돈다.

어릴 적 왕십리의 오밀조밀한 집들은 지붕이 낮았다.

이웃 사람들은 우리 식구가 세 들어 살던 집을 '침놓는 집'으로 불렀는데 할아버지는 침을 놓는 일을 했고, 할머니는 밀주를 만들어 팔았다.

채반에 펴서 장독대 위에 널어놓던 하얀 술밥과 마당 안뜰에 조롱조롱 열리던 구기자 열매의 붉은 빛을 아직도 기억한다.

술을 거르는 날이면 마당은 이웃집 아주머니들과 따라온 아이들로 북적거렸다, 술을 거른 뒤 나온 술지개미에 감미를 타서 거기 모인 모두가 나눠 먹는 날이기 때문이었다.

그 집 마당은 항상 술 익는 냄새가 코에 가득했다.

할머니는 어린 내게 망을 보게 했다.

골목에 서 있으면 멀리 큰길이 보였고, 점퍼를 입은 아저씨들이 골목 안으로 들어오는 것을 알려주는 것이 나의 임무였다.

밀주 단속원들의 등장을 잘 알려준 사례로 오 원짜리 동전이나 십 원짜리 종이돈을 받은 날이면 나는 골목 어귀에서 순천이 언니를 기다렸다.

순천이 언니는 할머니의 큰딸이 낳은 외손녀이고, 큰딸은 일본으로 고전무용 공연을 하러 다닌다고 했다. 너무 예뻐서 팔자가 세다는 그 딸의 얼굴을 직접 본 적은 없었다.

순천이 언니는 6학년이었지만 곱셈 같은 산수 숙제가 틀려 그녀의 외삼촌에게 자주 매를 맞았고, 구석진 곳에서 울고 있을 때가 많았다.

내가 손바닥을 벌려 돈을 보여주면 언니는 헤벌쭉 웃었고, 우리는 동네에 있는 만화 가게로 뛰어갔다.

"애는 일곱 살이라 글자를 몰라요."

언니는 전에 와서 했던 말을 주인에게 다시 말했고, 주인도 그때 내게 했던 말을 그대로 다시 말했다.

"너는 돈을 안 내고 봐도 되지만 만화를 마구 빼놓지는 마라."

한글을 능숙하게 읽고 쓸 줄 알았던 나는 벽에 빼곡한 만화책을 훑어 신간이나 지난번에 읽던 후편들을 고무줄 안에서 빼 왔다. 그리고 내가 읽은 뒤 옆에 내려두면 언니는 눈치껏 그것들을 집어 읽는 눈속임으로 우리는 낸 돈의 몇 곱절을 더 읽고 나올 수 있었다. 나는 내가 빼 온 만화와 다른 사람들이 아무 데나 두고 간 만화까지 도로 제자리에 꽂아두었다. 어린 마음에도 주인을 속였다는 것이 미안해서였을 것이다.

그날도 매를 맞은 언니는 대문 옆에 쪼그려 앉아 있었다. 내게 말없이 따라오라고 손짓을 한 언니는 앞서 걸어가고 있었다.

"여기는 일본이랑 똑같아. 너도 좋지?"

그 동네는 만화책 속에 나오는 근사한 양옥집들이 즐비했고, 담이 너무 높아서 고개를 뒤로 젖혀야 담 밖으로 넘쳐나는 꽃나무들을 볼 수 있었다. 가지마다 가득 달린 고것들이 조금씩 떼어 먹던 솜사탕 같아서인지 코로 입으로 단맛이 가득 퍼지는 것 같았다.

"목련. 꽃도 이름이 있어. 목련이야."

순천이 언니는 들뜬 얼굴로 내 손가락 끝에 머문 흰 꽃의 이름을 말해주었고, 이름을 듣고 나니 더욱 그럴싸해 보이던 그 꽃들은 손에 닿지 않아서 더욱 눈부셨다.

나는 예쁜 꽃의 이름을 알았다는 것에 기분이 좋았지만 순천이 언니는 자꾸 코를 훌쩍거렸다. 울고 있었다.

106

조금 전까지 엄마가 산다는 일본의 예쁜 동네를 자랑했던 언니였다.

집으로 돌아와 언니가 조심스레 내 호주머니에 넣어준 목련 꽃잎을 다시 꺼내 보니 구겨진 부분마다 멍이 들어 있었다. 나는 언니의 슬픈 얼굴을 보는 것 같아서 그 꽃잎을 얼른 버렸다.

어린 나는 늘 궁금했다.

언니도 가 본 적 없다는 일본이 정말로 무지개보다 더 예쁜 꽃들로 가득한 것인지, 언니의 엄마가 있는 곳이어서 그런 것인지, 언니의 엄마가 다시 언니를 찾아올 것인지에 대해 언니에게 묻고 싶었다. 그러나 나는 언니에게 한 번도 물어보지 않았다.

언니의 눈물은 예쁜 엄마를 닮은 꽃을 보면서 엄마에 대한 그리움을 혼자 달래야 했던 그녀만의 설움이었을 것이다.

목련꽃 봉오리가 영글어 속살을 드러내며 웃는 때이면 언니의 볼에 흐르던 눈물과 함께 마음을 준 사람에게 상처 입었던 나의 기억이 함께 밀려와 울컥해진다. 그러나 아주 오래전 코와 입에 가득했던 그 향은 여전히 달큰하다.

아들의 '외다리 병정의 모험'

계절은 반드시 제자리를 찾는다. 아침저녁으로 썰렁해진 날씨에 여름 내내 미루던 책장 정리를 시작했다.

세워 놓을 칸이 부족해 책 위에 겹겹이 얹은 책들을 내려놓다가 한쪽에 보관해 둔 아들의 독서록을 꺼내 들었다.

아들은 네 살 때부터 어린이집, 할머니 댁으로 옮겨 다니며 나의 퇴근을 기다려야 했다.

종일 엄마를 그리워했을 아이를 업고 집으로 올 때면 아이는 내 등에 바짝 붙어 재잘거리며 좋아했다.

이미 어두워진 하늘에 별이 반짝였다.

"엄마, 엄마가 제일 좋아하는 보석이 뭐야?"

나는 아들이 가장 근사하게 여길 보석의 이름을 생각해내고 있었다.

"엄마, 나는 엄마가 내가 세상에서 제일 좋아하는 보석이야."

"어머나. 엄마도 우리 현철이가 이 세상에서 제일 좋아하는 보석인데. 그럼, 내 새끼가 제일 소중한 보석이지."

나는 엄마의 사랑을 확인하는 아들에게 미안하여 눈물을 글썽였다.

아들은 내성적인 성격으로 수줍음이 많았다. 나는 가게를 들어갈 때며 나올 때 주인에게 인사를 했고, 아들에게도 인사를 시켰다. 그리고 길에서 만난 이웃에게 큰 소리로 인사를 했다. 내 뒤에 숨는 아이를 활달하게 키우고 싶은 마음에서였다.

말수가 적고 수줍음이 많던 아들이 대학교 4학년 때 여자친구가 있다고 말했다. 그 여학생은 야구장에서 오징어를 구워 파는 아르바이트를 하며 친해졌다고 했다.

아들이 평창동계올림픽에 관람 가는 아버지에게 마스코트를 사오라고 말할 때 "저두요." 하는 여자 목소리의 주인공이 그 여학생이었고 우리 며느리이다.

이 세상 연인들에게 달콤한 사연만 있는 것은 아니다.

어느 날 밤 아들이 울먹이며 전화를 한 적이 있다. 여자친구와 헤어졌다고 말을 하면서 서럽게 우는 것이 안타깝고 딱해서 같이 울어주었다.

헤어져 다시는 못 보는 사이가 될 수 있는 것이 한때 죽을 듯이 그리워하던 연인들이 아닌가.

얼마 후 아들이 다시 전화로 그들의 재회를 알려주었다.

아들이 쓴 편지를 친구를 통해 전한 뒤 둘이 다시 만나게 된 이야기를 전하며 행복해했다.

아들은 용기를 내어 편지를 썼을 것이고, 더 큰 용기로 그 편지를 전했을 것이다.

나는 그때도 아들이 10살 때 쓴 〈외다리 병정의 모험〉의 독서록을 찾아 읽었다.

'외다리 병정 인형으로 태어난 주인공은 겁이 많아서 다른 장난감들이 놀리는 말을 매일 듣습니다.

어느 날 외다리 병정은 창문 밖으로 떨어져 쥐에게 쫓기다가 잉어에게 먹혔습니다.

시장에 팔려 간 잉어를 주인아주머니가 사게 되어 병정은 다시 집으로 돌아왔습니다.

이제 병정은 누가 놀려도 씩씩하고 용감했습니다. 군인들도 훈련을 하면 씩씩해집니다. 병정은 좋아하는 발레 인형과도 친하게 지냈습니다.

어느 날 병정이 바람에 날려 벽난로 속에 떨어져 타버렸는데 병정을 좋아하던 발레 인형도 따라와서 같이 타버렸습니다.

둘의 심장이 빨간 하트가 되었습니다.

힘든 것을 못 참는 나는 잘 견뎌서 용기 있는 사람으로 변하고 싶습니다.

난 이 책을 읽고 나서 좋아하는 사람에게 죽어도 같이 죽자 그럴 것 같았습니다.

사랑은 죽어도 소중한 것입니다.'

아들이 결혼하여 보금자리를 만들었다.

내 등에 업혀 보석 얘기를 들려주던 부끄럼 많은 아들이 용기를 내어 사랑하는 여자친구를 아내로 맞게 된 것이다.

녹록하지 않은 세상을 살다 보면 외다리를 가진 병정처럼 바람에 날아가 바닥으로 곤두박질칠 수도 있다.

한 다리로 중심을 잡는 것은 많은 낭패를 거쳐야 얻을 수 있는 것이지만 사랑하는 누군가가 나머지 한 다리가 되어준다면 좀 더 수월하게 중심을 잡을 수 있게 될 것이다.

나는 아들이 어릴 적에 쓴 독서록을 읽으며 아들과 며느리가 서로를 믿고 의지하는 부부가 되어 행복하기를 바랐다.

고향의 호두나무

"호두나무집 영감이 죽었댄다. 쯧쯧. 이젠 이북 내기들도 다 죽고 없네."

시어머니가 혀를 찼다.

이북 내기는 북한에서 태어나 남한에 내려와 사는 사람들을 가리키는 말이다.

철원은 한국전쟁으로 고향을 잃은 실향민이 많이 살던 곳이다. 나의 아버지, 시아버지 두 분도 평안도가 고향이고 한국전쟁의 피해자이자 이북 내기로 통칭 된다.

나는 서울에서 살던 아버지가 굳이 낯선 철원으로 이사를 온 그 당시에는 왜 그런 결정을 내렸는지 그 까닭을 몰랐었다.

금강산을 오고 가던 금강산 전철의 철도가 철원의 정연리에 남아 있는 것을 보면 아버지가 작정하고 이곳으로 온 것일지도 모른다는 생각이 든다.

아버지는 평안도 박천에서 태어났고, 황해도 사리원에서 살다가 한국전쟁을 맞은 것으로 알고 있다.

시아버지는 고향인 평안도 양덕마을이 생각날 때마다 손주에게 그곳을 말해 준 것 같다. 아들이 초등학교 때 쓴 시를 보면 할아버지의 고향 양덕마을의 풍경, 고향에 가고 싶어 하는 할아버지의 소망이 담겨 있다.

아들의 시 '내가 그린 그림'을 적어보겠다.

내가 그린 그림

내가 그리고 싶은 그림은
우리 할아버지 마음속에
앉아 있는 양덕마을

통일 기차가 신나게 달리는 날
할아버지 손을 잡고
커다란 도화지를 가져가

비류강, 북대봉
언덕 너머 호두나무도

하얀 도화지 가득 옮겨놓고
"껄껄껄"
할아버지의 웃는 얼굴도 크게 그려드려야지.

나의 아버지는 어린 여동생 세 명과 피난 열차를 타고 이남으로
내려왔다고 한다. 나는 실향민의 자식으로 그들의 고향에 대한 그
리움을 지켜보며 자랐다.

나는 4남매가 서로 주고받던 생사 고비를 넘나들던 피난 이야기,
고향에 두고 온 할아버지 이야기들을 오랫동안 들었다. 그들이 만
날 때마다 같은 이야기를 반복하며 나눈 것은 가볼 수 없는 고향에
대한 한풀이였다고 본다.

긴 세월이 지나 그들은 모두 이 세상에 없다.

방송에서 가끔 볼 수 있는 연로한 실향민들의 이북 사투리는 내
귀에 익은 반가운 말투여서 새삼 아버지와 고모들의 목소리를 떠
올려보게 된다.

시간이 흐를수록 실향민의 설움을 겪은 사람도 그것을 듣고 기억
해주는 사람도 아픈 역사의 뒤로 사라질 것이다.

평안도가 고향인 호두나무집 그분 역시 때마다 술잔을 기울이며

못 가 보는 고향을 그리워했을 게 분명해 오늘따라 아버지 생각이
자꾸 마음에 걸린다.

달맞이 소원

'슈퍼문에 소원을 빌어보세요.'

올해 가장 큰 슈퍼문이 뜨는 시간을 알려주는 카톡이 오후부터 계속되었다.

정월의 대보름달과 한가위 보름달을 바라보며 달에 소원을 비는 것은 오랜 시간이 지나도 변치 않았다.

사람들은 슈퍼문에 소원을 빌라고 전하면서 그 소원은 꼭 이루어진다고 덕담까지 보탠다.

어릴 적 왕십리는 지금과 다른 조용하고 소박한 곳이었다.

셋째 동생은 한밤중에 경기를 자주 일으켰다. 엄마는 팔다리가 뻣뻣해지면서 경기를 시작하는 동생을 업고 침을 놓는 할아버지 집으로 서둘러 갔다.

잠귀가 밝았던 나는 잠에서 깨어 엄마를 쫓아갔다.

엄마와 나는 그 할아버지 집 대문을 두드렸고 할아버지는 동생을 안고 방에 들어가 바닥에 눕힌 뒤 동생의 머리와 얼굴, 등까지 침을 놓았다. 그리고 우리는 할아버지와 함께 뒤로 넘어가던 동생의 눈동자가 바르게 돌아올 때까지 기다렸다.

집으로 돌아가는 길은 올 때보다 훨씬 멀게 느껴졌고 나는 졸리기도 해서 엄마 뒤를 천천히 따라 걸었다. 엄마는 걸음이 늦어지는 내 손을 꼭 잡아 쥐고 걸었다.

가로등도 없는 길을 걷다 보면 전등이 달린 나무 전봇대를 만나게 되는데 엄마는 그곳에 멈춰선 뒤 등에 업혀 잠이든 동생의 팔다리를 만져본 뒤에 내 얼굴도 쓰다듬어 주었다. 한밤중에 엄마를 쫓아 나선 내게 한 번도 싫은 내색을 하지 않았던 것은 어린 내가 엄마의 길동무가 아니었나 하는 생각을 하게 된다.

보름달이 뜬 밤이었다. 사방을 찢는 호루라기 소리가 통행금지를 알리고 있었다.

우리는 결국 통행금지 단속을 하던 순경에게 걸렸다.

엄마가 순경에게 자초지종을 말하자 순경은 손전등을 비춰주며 큰길이 나올 때까지 우리 옆을 따라와 주었다.

캄캄한 밤 인적 끊긴 길을 걷는 아기 업은 아낙과 그녀의 어린 딸을 보호해주려는 마음에서였을 것이다.

"엄마. 엄마. 왜 달이 자꾸 따라오지? 엄마, 나만 따라와. 달 좀 봐."

나는 두 발짝 걸은 뒤에 하늘을 보았고, 다시 열 발짝을 세며 걸은 뒤 다시 하늘을 보았다.

신기하게도 노란 달은 올려 볼 때마다 바로 내 머리 위에 있었다.

순경이 웃으면서 말했다.

"이뻐서 그러지. 달이 네가 이뻐서, 넘어지지 말라고 따라오는 거야."

나는 여전히 나를 따라오는 달을 향해 말하고 싶었다.

'내 동생이 안 아프게 해주세요.'

모든 것이 까맣게 숨어버린 밤길을 함께 걸어주는 고마운 달에 속마음을 꺼내고 싶었던 것이 아닐까?

아마 달을 향해 입을 달싹이며 전한 그 말은 내가 달에 빌어 본 첫 소원일 것이다.

둥근 모양을 꽉 채운 슈퍼문은 기대했던 것처럼 크고 밝지는 않았다.

'소원을 빌어보세요.'

나는 나의 소원을 빌지 않았다.

나는 언제부터인가 복을 구하지 않았다. 그 복이 내가 바라는 대로 구해지지 않았기 때문이었다.

결코 순탄하지 못했던 내 삶을 보면 복병처럼 달려드는 시련이 곳곳에 기다리고 있었고, 나는 그것을 고스란히 겪어내며 살아왔다. 분명한 것은 나를 돕는 사람들이 있었기에 가능한 것이었다.

나는 그들도 바라보고 있을 저 슈퍼문에 빌어본다.

"고마운 이들이여. 그대들의 몸과 마음이 건강하기를!"

그들만의 주소

시댁의 작은 방에는 싹이 난 감자가 가득 든 상자가 있었고 버리기 위해 밖에 챙겨놓은 낡은 프라이팬, 냄비, 오래된 플라스틱 반찬 용기들이 비닐봉지에 담긴 채 이곳에 놓여 있었다. 쓸모없는 것들도 버리지 못하게 하는 어머니였기에 나는 구석에 있는 소반만 꺼내기로 했다. 오래된 진열장 옆에 큰 상과 함께 있는 소반을 꺼냈다, 진열장의 유리 안에 시아버지의 영정사진과 여러 권으로 된 남평문씨 족보가 보였다.

아들에게 알려주기 위해서 시아버지께 본에 대해 한 번 물어봤던 일이 있을 뿐 시댁의 족보에는 관심이 없었다.

자식들에게 상속해 줄 재산도 없으면서 문중의 행사나 모임에는 돈을 아끼지 않는 시아버지를 이해하고 족보를 관리하겠다고 나서는 아들은 아무도 없었다.

시아버지의 죽음 이후 문중에서 회비에 대한 연락이 왔으나 아들들은 문중과의 소통을 피했다.

　문중을 찾아 족보는 관리하면서 본인의 고향 집 이야기에는 입을 다무셨던 시아버지였다.

　나는 아버지의 집안이나 족보 이야기를 들은 적이 없다.

　아버지는 피난 때 이남을 했다는 말만 했을 뿐 자신이 살던 주소나 집안에 대해 입 밖으로 꺼내지 않았다.

　큰고모 말을 빌자면 외가의 사촌 오빠가 친일파로 처형된 뒤 재산이 많다는 죄목으로 아버지도 인민재판에 넘겨져 총살형을 받았다고 한다. 책에서나 보았던 인민재판이 실제로 아버지 집안을 몰락시킨 것으로 생각된다.

　큰고모의 말을 다시 빌려보겠다.

　'인민재판이 마을 사람들의 인정을 끊어놓지는 못했다.

　가슴에 총을 맞고 쓰러진 처형자 중에 숨이 붙어 꿈틀거리는 아버지를 몰래 끌어내어 숨겨준 것도 마을 사람들이었다.'

　그들은 아버지가 박 씨네 4대 독자이란 것을 알고 있었고, 대가 끊기는 것을 막아주었다고 한다.

　다시 시아버지 얘기를 하자면 시아버지는 아흔아홉에 돌아가시기까지 생일에 관련된 잔치를 하지 못하게 했다. 그 이유는 고향에 부모를 두고 내려와 임종도 못 지킨 불효자는 잔치를 해먹을 자격이 없다는 것이었다. 시아버지는 육군 운전병 출신이다. 6·25 참전용사로 국가유공자가 될 수 있는 조건을 갖췄음에도 등록을 하지 않았다. 북에 두고 온 전처와 자식들에게 혹여 피해가 간다고 질색을 했다.

전쟁이 한창일 때는 길 가는 젊은 남자들을 데려다 짧은 교육 후 곧바로 전투에 투입했다는 말을 들은 것 같다. 그냥 전쟁 때 행방불명이 된 사람으로 남는 것이 고향에 두고 온 가족들을 위하는 것인지도.

전쟁의 상흔을 지닌 두 분이 각기 다른 사연으로 고향의 주소를 떳떳하게 밝힌 적은 없다. 내가 그들의 속내나 결심에 대해서 함부로 단정 지을 수는 없다. 그러나 북한과 가까운 철원에 살면서 그들은 고향 집의 주소를 흔적 없이 지울 수는 없었을 것이다.

케케묵은 옛이야기일 수도 있지만 글로 남기고 싶어 적는다.

큰스님께

큰스님.

대지가 얼어붙던 겨울이 등을 보이고 어느새 눈을 뜬 초목이 봄을 일으켜 세우고 있습니다.

계절은 이렇듯 스스로 자리를 채우는데 스님이 가신 지 어언 두해. 그 빈자리는 휑하니 크기만 합니다.

스님께서 비우신 각박한 이 세상을 여전히 허겁지겁 살아내면서 때마다 스님을 불러봅니다.

스님. 생전에 스님이 주신 가르침, 그 큰 뜻을 헤아려 행하지 못한 마음의 죄가 무겁기만 합니다.

일침으로 일깨워 주시고 따뜻하게 보듬어 주시던 스승을 놓친 채빈 하늘만 올려다봅니다.

목이 메어 옵니다. 스님.

쩌렁쩌렁 법당을 울리던 스님의 목소리가 여전히 귀에 가득한데 어찌 그렇게 서둘러 가셨는지요?

꿈에서나마 다시 한 번 정신이 번쩍 들도록 야단맞고 싶고 환한 미소 가득한 얼굴을 마주하고 싶습니다.

스님, 살아생전 양말 한 켤레 못 챙겨 드린 죄스러움이 이렇게 두고두고 가슴을 찢을 줄 몰랐습니다. 용서하십시오.

스님, 가시기 전 야위신 몸으로 정좌하고 계시던 모습이 지금도 눈에 선합니다.

홀연히 떠나신 스님께서는 항상 어리석은 중생들을 일깨워 주셨습니다.

집착하지 마라. 마음은 욕심처럼 채워지지 않는다. 모든 것은 덧없이 돌고 돌아 결국 한 줌 재로 남는다. 보이지도 잡히지도 않는 것을 내려놓고 마땅히 배워서 마음을 지키고 닦아 지혜를 구하라.

스님. 더 높은 곳에서 지켜보고 계신 스님.

우리 불자들은 자광 스님, 자은 스님을 스승으로 모시며 보살행을 배우고 정진하여 바른 수행을 실천하겠습니다.

부디 극락사 청정 도량에 모인 이 불제자들에게 지혜의 길잡이가 되어주시고 힘이 되어주십시오.

큰스님께서 극락 왕생하시어 중생들을 제도해 주시기를 부처님의 크신 원력 빌어 기원 하나이다.

불기 2550년 음력 1월 28일

이 글을 다시 읽고 싶어 하신 극락사의 보살님께 드립니다.

구멍 없는 피리

빌라 뒤 너른 밭은 여름 내내 땡볕으로 일궈낸 먹거리들을 비우고 휑하니 빈 함지박으로 누워 있다.

찬 기운이 옷 속으로 파고든다.

나는 비우는 것에 서툴다. 바쁘게 찾아서 쓸어 모으며 항상 뭔지 모를 그 무엇이 부족하다고 여기기 때문이다.

한 곳만 바라보고 달리는 것에 익숙해져 다른 곳을 쳐다보지 못한 내가 오늘은 조금씩 위치를 바꾸며 이리저리 돌아본다.

빛과의 숨바꼭질.

사물을 향해 쏘아대는 빛을 쫓다 보면 사물의 색다른 모습과 만나게 된다. 사물들은 내 시선의 위치마다 새로 깨어나 서 있다.

나는 글에 매달리다가 과감하게 내던지고 한때 유화로 발길을 돌렸었다. 돌아보면 그것은 나를 드러내 인정을 받고 싶은 조바심으로 욕심 그릇을 채우는 바둥거림이었다.

내가 그림을 그리면서 뒤늦게 깨달은 것은 내가 잘못된 습관을 갖고 있다는 것이었다.

남을 의식해 나를 채우는 습관이 바로 그것이었다. 언제 어디서든 당당하기 위해 애썼고 무슨 이유를 대서라도 나의 우월함을 포기하지 않는 것도 마찬가지다.

나는 이 습관을 과감하게 버려야 했다.

사람과의 우여곡절을 받아치며 살아온 내가 새삼스럽게 순한 눈을 갖고 내 그릇을 비우는 것이 쉬운 일은 아니었다.

맞닥뜨린 상황이나 상대방을 여러 각도로 볼 수 있는 여유를 갖는 것부터 쉽게 허락되지 않았다.

고등학교 때 《無》라는 제목의 책이 인기가 있었던 적이 있다.

우리는 그 無의 의미도 모른 채 그 책을 사서 서로에게 선물로 주었다. 우리는 백지로만 된 제법 두툼했던 그 책에 예쁜 글씨로 시를 적고 꽃잎이나 단풍잎, 은행잎을 넣어 말렸다.

환갑이 넘은 나이에 빈들을 바라보며 여고 시절, 순수하게 대했던 無를 생각하던 중에 '구멍 없는 피리'를 떠올렸다.

비운 뒤 홀로서기.

내 안을 지탱할 단단한 힘. 출렁이고 흔들리지 않을 견고한 그것
은 나의 몫이다. 나는 또 시행착오를 겪을 것이다. 그러나 이 숙제
를 마치고 싶다.

고마운 당신

해가 높이 뜬 시간이지만 바람이 차다. 나는 웃옷의 지퍼를 목까지 올렸다.

이 마을의 횡단보도는 하얀 선들로 표시가 되어 있으나 신호등이 없다. 큰길도 마찬가지이다. 도로 양쪽에서 차가 오지 않는 것을 기다려 길을 건너야 한다. 나는 시력이 안 좋고 행동도 민첩하지 못해 항상 지나가는 차량이 없을 때까지 기다렸다가 길을 건넌다.

길 건너에 횡단보도를 향해 오고 있는 휠체어가 보였다.

휠체어에는 청년이 타고 있었고, 오십 대로 보이는 여인이 휠체어를 밀고 있었다. 차들이 지나가는 동안 휠체어가 멈췄다.

청년의 다리에 벨트를 채운 것을 보면 청년은 두 다리를 전혀 움직이지 못하는 상태인 것으로 짐작되었다.

엄마는 목발에 의지해 걷는 장애인이나 휠체어를 탄 장애인을 볼 때마다 중얼거렸다.

"잘 갔지. 잘 갔어. 동운아. 잘 간 거야. 내 새끼는 편해야지."

나는 죽은 오빠를 기억하지 못한다. 세 살 터울의 오빠는 뇌성마비로 죽었다고 한다.

"열이 펄펄 끓는 아이를 업고 병원이란 병원은 다 찾아다녔다. 열이 내리지 않는 거야. 물어 물어서 세브란스병원에 갔는데, 선생님께 보이려고 아이를 등에서 내리는데 그만 애 다리가 축 늘어지더라. 네 오빠 두 다리가……."

1960년대이니 의료기관이 많지도 않았을 테고 아이의 열이 심한 상태이니 동네 병원 의사도 감기 처방만 한 것 같다는 것이 엄마의 두고두고 풀지 못하는 한이었다.

아버지는 '자라를 고아 먹이면 소아마비에 좋다.'는 동네 어르신의 말을 듣고 수소문 끝에 자라를 구해 왔으나 오빠에게 먹여 보지는 못했다.

상태가 더 나빠져서 숨을 거둔 아들 때문에 아버지는 실성을 한 사람처럼 술을 마셨고, 결국 아이가 뛰어다니며 놀던 그 집을 헐값에 팔아버리고 그 동네를 빠져나왔다고 들었다.

아들의 발병부터 장례까지 실성한 여자처럼 뛰어다녔던 엄마가 정신을 차린 것은 나 때문이었다고 한다.

고모에게 맡겼던 나를 다시 데려온 엄마는 내게 젖부터 물렸는데 며칠 동안 밥을 마다하고 울고 지낸 탓에 젖이 나오질 않았다고 한다.

"어미라는 것이 그렇더라. 죽은 자식은 그만 가슴에 묻고, 눈이 초롱초롱한 이 자식은 젖배를 곯리지 말아야지 하고 밥 수저를 들더라고."

어린 아들을 가슴에 묻은 뒤, 이 사회에서 차별과 불편을 겪으면서 뇌성마비 장애인으로 살아가야 했을 그 아들이 저세상으로 간 것을 다행하게 여기며 옆에 있기라도 한 듯 잘했다며 다독이는 엄마. 그러나 이내 돌아서며 눈물을 훔치는 엄마의 슬픈 모습을 보며 자랐기에 나는 거동이 불편한 장애인들을 보면 슬며시 고개를 돌렸었다. 그러나 한 아이의 엄마로 살면서 뒤늦게 엄마의 상처를 조금은 짐작할 수 있게 되었다.

휠체어의 손잡이를 잡은 여인은 내 짐작대로 요양보호사가 아닌 청년의 엄마였다. 청년의 맑고 목소리가 또렷하게 귀에 들렸다.

"알아요. 엄마. 엄마가 말씀하는 의미를. 괜찮아요."

청년은 단정한 외모처럼 말씨도 고왔고, 청년의 엄마는 부는 바람에 날리는 아들의 앞머리를 위로 쓸어 넘겨주었다.

하늘이 조금 흐려졌다. 소나기가 내린다는 날씨 예보는 없었다.

하지만 점퍼를 입은 청년과 달리 가벼워 보이는 청년의 엄마 옷차림이 자꾸 눈에 들어왔다.

꽃밭 축제를 보러 온 가을 관광객들이 식당을 찾아 읍내로 나오는 것 같았다. 장흥리에서 오는 차들은 계속 이어졌다.

그때 달려오던 흰색 승용차가 갑자기 멈춰 섰다. 뒤에 오던 차들도 덩달아 멈춰 섰다.

나는 그 순간 멈춰 선 운전자의 시도를 알게 되었다. 나는 턱이 높은 보도블록을 피해 평지로 비켜나 있던 모자를 향해 손을 들어 길을 건너라는 신호를 보냈다. 횡단보도로 건너는 나와 거리를 두고 그들이 지나갔다. 내가 빠르게 길을 건넌 후 뒤를 돌아보니 휠체어를 밀고 가던 청년의 어머니가 운전자를 향해 인사를 하며 하얀 승용차 앞을 지나고 있었다.

모자가 길을 다 건너자 흰 승용차가 다시 움직였다.

배려였다.

그 운전자의 배려가 아니었다면 모자뿐 아니라 나 역시 이제나저제나 도로에 차가 비워지기를 기다리고 있어야 했다.

높게 만든 보도블록, 바로 그 아래에 표시된 횡단보도, 사라진 신호등, 눈여겨보지 않으면 그냥 지나치게 되는 누군가의 불편함.

오늘은 작은 배려를 선뜻 내준 그 운전자의 배려가 참 고마운 날
이다.

흐려지는 지문

　독서 카페의 문은 출입 보안 시스템이 갖춰져 있어서 지문 인식
이 되어야 출입을 할 수 있게 되어 있다.

　유리문 너머 인터넷 강의나 시험 대비 자료를 위한 키오스크 두
대가 보인다.

　오른손 검지가 지문 인식이 안되는 탓에 왼손 검지로 겨우 지문
등록을 해놓았지만 그게 한 번에 인식되지 않는다.

　입은 옷에 검지를 문지르고 난 뒤 지문인식기에 검지를 대는 것
을 몇 번 반복한 뒤에야 출입문이 열린다.

　양손을 가지런히 펴고 손을 들여다보았다. 이른 아침부터 종일
동동거려야 해낼 수 있는 바쁜 일상을 치르느라 고무장갑을 낄 겨
를없이 맨손으로 후다닥 음식을 준비하고 설거지를 하고 청소를
하는 손이었다.

시부모 봉양과 육아, 삼시 세끼를 집에서 해결하는 남편의 수발을 들어 온 손이다. 내 손가락은 마디가 불거져 있었다.

나는 인터넷 검색을 했다.

'지문 인식이 안되는 이유'를 검색하다가 '노인의 지문'을 검색한 뒤에야 수긍이 가는 답을 얻었다.

'노화로 인해 피부가 얇아지고 탄력을 잃으면서 지문의 융선과 골이 뚜렷하지 않게 되어 지문 인식의 정확성에 영향을 미친다.'

'노인'이란 단어가 여전히 낯설기만 하지만 예전 같으면 집에서 손주나 볼 나이로 취급받을 나이인 것은 맞다.

나는 노인이 아닌 것처럼 행동하면서도 노인처럼 굴 때가 있다.

L슈퍼마켓에서 반찬거리를 바구니에 담고 계산대 앞에서 줄을 서 있을 때 계산원이 외쳤다.

"줄 서 있지들 마시고 저쪽에서 계산하세요."

젊은 계산원이 가리키는 곳에는 셀프계산대가 설치되어 있었다.

앞쪽에 서 있던 중년의 남성이 셀프계산대로 자리를 옮겼다. 그러나 그는 곧 계산원을 불렀다.

"뭐가 안 되요 안되기는. 여기에 이것을 대시면 되잖아요."

계산원은 짜증을 내고 있었다.

야채를 정리하던 다른 계산원이 셀프계산대로 가서 차근차근 설명하며 그 남자의 계산을 도왔다.

계산원이 다시 계산대로 올 때까지 나는 그냥 줄을 선 채 있었다. 셀프계산대가 있는 것은 계산원들을 위한 것일 테고 내가 치르는 물건값에는 계산원의 서비스도 들어 있다고 생각하기 때문이었다.

이런 나의 행동과 사고를 신세대들이 '꼰대질'이라고 하는 것도 알고 있다.

세상은 변화하고 있다.

불편함을 줄이려는 변화, 일의 빠른 진행을 위한 변화가 그것이다.

식당에는 탁자마다 키오스크가 마련되어 있고, 버스터미널도 매표창구를 없애고 무인 판매기가 그 일을 대신한다.

농협에 설치된 무인 민원 발급기에는 농협 직원이 아예 옆에 서서 기계에 서툰 사람들을 위해 분주하다.

요즘 시내버스 안에서는 나이 많은 할머니가 앞에 서 있어도 자리를 양보하지 않는 학생들을 나무라는 사람을 볼 수 없다. 미디어를 통해 알려진 폭력적인 십 대들을 피하려는 것이다.

이유 없이 휘두르는 폭력 외에도 많은 십 대들이 학교 선생님의 정당한 훈계나 지적을 동영상으로 찍어 유튜브의 짤로 돌아다니게

하여 같이 즐긴다.

　이런 세태도 변화 중의 하나인 것은 틀림없다.

　변화는 계속될 것이고 나 역시 시시때때로 들이닥치는 변화의 소용돌이 속에 놓이게 될 노인 세대이다.

　나는 퇴근길에 약국을 들러 '고운 손' 연고를 샀다.

　연고를 바른다고 지문이 예전처럼 뚜렷하게 되살아나지 않겠지만 이 방법 저 방법으로 노화를 늦추는 것도 변하는 세상에 대한 내 할 일인 것을 어쩌겠는가?

나무늘보 이야기

나는 성격 급한 부모 밑에서 자랐다. 나는 고집이 센 아이여서 내가 하고 싶지 않은 일은 하지 않았다. 물론 학교 숙제를 하지 않은 적은 한 번도 없었다. 내가 마땅하게 해내야 할 일은 밤을 새우면서 했다. 그러나 무리한 강요나 나와 상관없는 일을 시킬 때 그것을 행동에 옮기지 않았다. 나의 이런 행동은 '재깍재깍 움직이지 않는 느려터진 아이'라는 잔소리와 함께 체벌을 불렀다.

3층 복도에 있던 화재경보가 울렸다. 교실마다 난리가 났다. 아이들은 겁을 내며 소리를 질러댔고 선생님들은 운동장으로 나가라고 소리를 질렀다.

화재는 과학실의 염산 병이 바닥에 깨져서 나무로 된 바닥에 불이 붙은 것으로 밝혀졌고 불이 번지는 큰 피해는 없었다.

재빠르게 교실 밖으로 뛰쳐나온 한 무리의 아이들 속에서 책가

방, 보조 가방, 신발주머니까지 챙겨 들고 운동장에 서 있는 한 아이가 있었다. 그게 나였다. 아이들은 맨손으로 신발도 신지 않고 있었지만 나는 언제 내 물건을 챙겨 잽싸게 움직였던 것일까?

내가 매번 듣던 잔소리가 '느리다, 굼뜨다, 누굴 닮아서 저럴까?'였기에 지금 생각해도 재미있다.

현재 나는 쉴 새가 없다. 고집을 피우며 느리게 굴 대상도 없다.

오늘만 해도 그렇다. 주부들이 해야 할 일은 기본이고, 강의를 위한 자료를 만들어야 하고, 원고 청탁이 들어온 산문을 써야 한다. 펼쳐 놓은 캔버스에 붓질을 몇 번 한 게 유일한 휴식이다.

어릴 적 매사에 느리다고 핀잔을 받던 나는 나이가 들면서 행동 거지가 점점 빨라지는 나를 발견한다. 물론 바쁜 일상을 치르느라 시간에 쫓겨서겠지만 언제부터인가 나는 양손잡이가 되어 있었고, 오른손으로 사용한 물건을 이미 제자리에 갖다 둔 왼손의 성급한 행동 때문에 깜짝깜짝 놀랄 때가 많다.

산전수전을 다 겪은 어르신들은 말한다.

"어차피 죽는 인생, 뭐 그렇게 맨날 바빠? 급하게 서둘 필요는 없어. 쉬엄쉬엄 움직여."

나무늘보는 하루에 대략 35미터를 움직이는데 그것이 사람의 걸음 45보 정도 된다고 한다. 그러나 나무늘보들은 천적을 피해 살아남는다. 느린 행동 때문에 생겨난 보호색 때문이다. 움직임이 지나치게 적은 나무늘보의 몸에는 바위나 나무에서 자라는 녹조류가 붙어 있어 나무늘보가 나무줄기를 껴안고 있으면 흡사 나무 같기 때문이다.

내가 하는 일은 나의 활력소이다. 이 나이에 일을 할 수 있다는 것이 얼마나 다행인가. 나는 바쁘게 돌아가는 나의 일상에서 갑자기 내려서지는 않을 것이다. 그러나 더 늦기 전에 나무늘보의 느림이 말해주는 여유를 꼭 누려 보겠다.

그들의 만다라

치매 예방 프로그램은 다양하게 진행되었다. 그중 웃음 치료에 대한 호응이 제일 높았다. 목소리가 걸걸하고 우렁찬 웃음 치료사는 신나는 음악을 틀면서 슬슬 흥을 돋워갔다.

"자, 내 몸에 기운을 불어넣으세요. 어깨를 올리시고. 좋아요. 좋습니다. 쿵짝. 쿵짝. 쿵짜작, 쿵짝……."

센터에 있는 직원들도 하나둘 강의실로 들어왔다.

짧은 시간에 운동 효과와 행복한 감정을 느낄 수 있는 것이 웃음 치료라고 강조하던 그녀는 엉덩이를 뒤로 쭉 내밀어 흔들었다. 순간 강의실이 웃음바다가 되었다.

그렇게 그녀의 강의는 계속되었고, 마무리 단계의 명상이 시작될 때 나는 만다라 밑그림을 복사하기 위해 강의실에서 나왔다. 복도에 순자 할머니가 서 있었다.

"오셨어요. 근데 왜 안 들어가시고."

"그냥⋯⋯."

말끝을 흐리는 그녀는 항상 그들의 집단에 끼지 못하고 겉돌았다. 게시판에 올렸던 상반기 활동사진을 찍을 때도 그녀는 다른 할머니에게 떠다밀려 얼굴이 반쪽만 찍혔었고, 떡이나 다과를 먹을 때 개인적으로 나눠 주지 않으면 자기 몫을 챙기지 못했다.

"한글 공부를 열심히 하시나 봐요."

나는 그녀가 가슴에 끌어안고 있는 종합장을 보며 말을 걸어 보았지만 그녀는 잠시 내 얼굴을 빤히 쳐다보더니 아무 대꾸 없이 몸을 돌렸다. 소식통인 부녀회장의 말에 의하면 그녀는 재산이 많았던 남자의 첩이었는데 아이를 낳지 못했고, 남자는 중풍으로 쓰러진 뒤 본처에게 돌아가 죽었는데, 득달같이 달려드는 본처 자식들에게 집을 뺏긴 뒤 낡은 연립에 세를 들어 산다고 했다.

나는 따돌림을 당하는 그녀가 항상 맘에 걸렸다. 작은 체구와 이목구비가 반듯한 외모가 친정엄마와 비슷했고, 혼자 몸으로 남의 집에 세를 들어 사는 엄마의 처지 또한 그녀와 같아서였는지도 모른다.

나는 탁자 위에 만다라 도안을 올려놓았다.

그들 대다수가 원 안의 빼곡한 무늬를 일일이 칠하는 것을 버거워했고 단순하고 쉬운 만다라 도안을 선호했다.

"어쿠야. 다른 걸로 줘. 이그, 이 푼수야. 네가 팔로 치는 바람에 이게 망쳤잖아."

"지랄을 하구 있네. 눈이 안 뵈서 그런걸, 남 탓은."

그들은 늘 다퉜다. 아주 사소한 일에도 시시비비를 가린 뒤 원인의 제공자를 집어내 따돌림이나 구박을 주기도 했다.

그들 중 몇몇은 나눠준 만다라 도안을 정성껏 메꾸었지만 다른 인원들은 수다 삼매경에 빠져 완성을 하지 못했다.

만다라 표현은 정서적 안정을 주고 긴장을 이완시키는 것으로 노인들의 프로그램으로 선정이 되었다.

만다라의 둥근 원 안의 문양이 작은 그림으로 채워져 있어서인지 노안이 심하고 필력이 없는 그들은 좀처럼 흥미를 갖지 못했다.

"오늘 만다라는 자신이 그려 보고 싶은 것을 마음껏 그려서 비어 있는 둥근 만다라를 채우는 것이에요."

나는 주저하는 그들을 위해 화이트보드에 단순한 나비, 꽃, 세모, 다이아몬드 등을 그렸다. 망쳤다고 다시 시작한 세 명만 제외하고 모두 손을 털고 일어났는데 색칠을 하여 원을 메꾸거나 아이들의 낙서처럼 그려 놓은 것이 대부분이었다.

검정 개와 누렁이를 그린 회장이 손을 번쩍 들었다.

"빨랑 끝내줘."

"우리 회의가 있어. 고만 끝났다고 해."

붉은 목단을 원 밖까지 그린 총무가 내게 단호하게 말했다.

그들에게는 계층이 존재했다. 아들이나 사위의 직함이 곧 그들의 직함이었고, 건물이나 논의 소유지 또한 직함이 되었다. 노인회에서 회장이나 총무 등 임원을 맡을 수 있는 사람들은 잘사는 부류였고, 복지회관에 미치는 그들의 입김 작용은 컸다. 복지회관의 벨리댄스 강의도 그들이 원해서 프로그램을 편성했을뿐더러 어버이날에 복지회관을 들른 군수에게 노래 교실을 만들어 달라고 건의를 해서 내년 상반기 프로그램 예산에 포함될 정도였다.

나는 그들이 서두르는 이유를 알고 있었다. 그들은 들 떠 있었다. 코로나 방역으로 무산된 읍민 잔치의 무대 공연 대신 복지회관에서 작게 열리는 프로그램 발표회가 있기 때문이었다. 평소의 모습과 달리 그들은 매일 이뤄지는 합창과 에어로빅, 벨리댄스의 연습을 고스란히 해내며 발표회가 열리는 날을 큰 잔치로 여기고 있었다.

나 역시 그들의 만다라 그림을 전시할 계획을 세웠지만 대충 마치고 나가버리는 그들에게 전시할만한 결과물을 얻을 수 없었다. 그나마 다행으로 여기는 것은 내가 맡은 미술치료 수업은 해마다 신청자가 줄지 않고 그만두는 회원도 없다는 것이다. 중도 포기자는 문해교육반에 많이 있었다. 그들은 까막눈을 깨우치겠다는 의욕을 갖고 시작하지만 이름 석 자를 쓸 때 잠시 의기양양하다가 받

144

침과 문장 만들기에 이르러서 하나둘 빠져나갔다. 한글 교실을 마치시라고 전화를 하면 주위에서 놀림을 받았다고 얼버무렸고, 통장에 들어온 노령연금을 스스로 이름 석 자를 써서 찾는 것을 고마워한 몇 명만이 계속 수업을 듣고 있었다.

나는 작품 전시를 위해 인터넷에 나와 있는 곡식 만다라를 해보기로 마음을 먹고 그들에게 넌지시 준비물을 이야기했다. 다행히 그들은 크게 호응을 보였다. 다음 날 그들은 밭농사로 거둔 수수, 들깨. 팥, 논둑에 심었던 콩 등을 담은 비닐봉지를 탁자 위에 올려놓았다.

"어머나, 땀 흘려 거두셨을 텐데."

나는 그들의 마음을 사기 위해 호들갑을 떨며 감탄을 해주었다.

"오늘 해야 할 숙제 부리나케 마치고 고시래 하려구."

"진즉에 했어야제. 구신들도 그냥은 안 받아먹어. 나이나 적어? 다 늙어서, 꼴통질에 쌈질들을 해대니. 으흐흐."

읍장의 장모가 얼른 웃음으로 말을 얼버무렸다. 그녀는 생김새대로 둥글둥글하니 성격이 좋아 말다툼 뒤 회관에 발길을 끊는 회원들을 잘 구슬려 다시 데려왔었다.

나는 웃는 시늉만 한 뒤, 작품 전시를 할 수 없는 미완성 졸작을 위해 나름대로 그들의 이름표를 붙여 줄 대리 작품을 만들어 갔다.

그들은 오공본드가 손에 묻는다고 투덜거렸을 뿐 다른 때와 달리 만다라를 채워갔다.

"가운데 넣은 팥이 빨가니까 노란 콩을 둘렀지 뭐야."

"녹두 봐라. 녹두. 내가 이 녹두 따다가 늙어 이렇게 무릎이 오그라들었다."

"도리깨질은 낫지. 쪼그려 앉아 따려니 밑이 빠진다는 게 녹두다."

"녹두 주머니가 팽그르르 돌면서 터지니 히히히."

"근데 저 영감은 색시같이 죙일을 붙이구 있네. 그런다고 밥이 나와?"

"떡이 나오지. 떡이. 흐흐흐."

그들은 우스갯소리를 주거니 받거니 하며 손에 익은 알록달록한 잡곡들로 만다라 둥근 원을 채웠고, 왕따였던 그녀도 오늘은 구박을 당하지 않았다.

그들은 살아오며 꽉 차오른 시간을 거슬러 행복하던 때로 돌아가 만다라를 채우고 있었다. 그들은 평소보다 빠르게 작품을 마쳤고 다른 때와는 달리 서로 발표를 하겠다고 앞다퉜다.

"내가 일일이 붙여 놓은 이건요. 히히힛. 알아서들 보세요."

"보다시피 바둑판이요."

"왜 내가 까만 콩을 잔뜩 붙였냐 하면, 이건 시집올 때 가져온 개

다리소반이에요.”

“나는 찹쌀가루 지짐 위에 진달래를 올린 화전입니다.”

발표를 마지막으로 미루던 황 씨는 늘 그랬듯이 앞으로 나오지 않고 누런 콩을 잔뜩 붙인 자신의 만다라를 내게 흔들어 보이며 말했다.

“내가 밥 먹듯이 굶고 살 때 메밀밭을 다 논으로 만든 사람이야. 이게 다 벼야. 벼.”

친한 사람들끼리 편을 먹고 티격태격 상대편을 흉보던 그들이었지만 발표 때는 수줍어 몸을 꼬는 모습이 어린아이와 다름없었다. 그들의 작품 설명은 순식간에 끝났고 그들은 우르르 강의실을 빠져나갔다.

다음 날 그들은 감 고지, 검은콩, 대추, 밤이 알록달록하게 박힌 백설기를 들고 왔다.

“우리도 책씻이를 해야지요. 발표회 고사도 지낼까 얘기를 나누는 중입니다.”

“잘 배웠습니다.”

부녀회장과 총무가 두 손을 앞으로 모은 채 인사를 꾸벅하는 바람에 나 역시 고개를 숙여 인사를 했다.

“제가 고맙지요. 어르신들. 아직 종강 아니에요. 수업이 모두 끝난 게 아닙니다. 전시회도 하고 나들이도 가야 해요.”

"같이 떡 해 먹으면 우리 다 식구여. 내년도 쭉 이어지는 거야. 다들 알았지?"

부녀회장은 우렁찬 목소리로 다짐을 하며 내 손을 잡아 흔들었다.

우리는 음료와 귤을 배달시켜 그들의 책씻이를 거들었다.

나는 하반기 마지막 수업일지에 사무적인 미술 심리치료의 용어들을 빼고 어르신들의 만족을 썼다. 그리고 볼 만한 전시를 위해 내가 일부러 준비했던 다채로운 색과 문양으로 채운 만다라 작품을 서랍 안에 깊숙이 숨겼다. 그들이 각자 툭툭 던져 보이던 경험이 그들의 손에 익은 지혜이자 채움이라는 생각에 그들이 그동안 만든 작품들을 손보지 않은 채, 한 점도 빼놓지 않고 게시판과 빈 벽에 모두 배치했다. 물론 전시된 작품을 도로 떼달라고 하여 집에 들고 가서 손주의 힘을 빌려 재탄생 시킨 것도 있었다.

구부러진 동그라미 몇 개가 전부인 작품의 주인이 그 작품 앞에서 나와 함께 사진을 찍자고 했다.

"너무 고마워. 내가 이런 전시도 하고."

"훌륭하세요."

나의 인사말대로 그들은 모두 훌륭했다. 그들의 작품 아래에는 꽃 화분들이 놓였다. 자식들이 가져온 것도 있었지만 축하 화분이 놓이지 않은 곳엔 동네 이장들이 작은 화분을 여러 개 사 와서 일

148

일이 놓아 주고 갔다.

　프로그램 발표회의 하이라이트는 댄스였다. 에어로빅 강사와 함께 '줌마댄스'를 추는 할머니들에게 제일 큰 박수가 터져 나왔다.

　그들의 잔치는 흥을 모아 무르익어갔다.

젠가 놀이

그들은 젠가 블록 놀이를 하다가 늘 실랑이를 벌였다.

블록 한 개를 빼내는 일에 이거다 저거다 서로 자기주장을 고집하였고, 급기야 훈수를 두는 객이 끼어들어 누가 옳으니 그르니 하며 옥신각신하며 싸움으로 번졌다.

"조심히 올리라고."

"이거 왜 이래. 참견 좀 하지 마. 내가 지은 집이 몇 채인 줄 알기나 알아?"

"그게 뭔 상관인데?"

둘은 이 지역에서 자수성가를 한 팔순의 동갑내기로 늘 기세가 등등했다.

"내 말은, 이건 다 지어진 집에서 골조를 하나씩 빼내어 다시 올리는 거잖아, 맞지?"

중풍으로 누워 있는 아내를 돌보느라 지각도 결석도 많았던 송 씨가 쉬지 않고 말을 이어갔다.

"모든 집은 기둥을 세워 골격을 갖춘 뒤 들보를 얹어. 들보를 받쳐주는 익공도 반드시 필요하지. 그러니 봇장을 뺄 때 기둥으로 힘 쓸 것은 건드리지 말고 놔두자는 거 아냐."

송 씨의 말이 채 끝나기도 전에 양 씨가 젠가 하나를 잽싸게 빼냈고 공들여 지키던 탑이 그만 무너져 내렸다. 양 씨는 보란 듯이 창가로 성큼성큼 걸어가더니 빼내 온 젠가 블록을 창밖으로 던져버렸다.

"저 새끼가."

"내가 왜 니 새끼냐? 무너지는 게 대수냐?"

송 씨가 급히 창문 쪽으로 달려갔을 때 몸이 가벼운 양 씨는 강의실 뒷문으로 줄행랑을 놓았다.

이런 일이 터질 때마다 나는 매번 2층의 강의실을 급히 내려가 텃밭을 뒤져 던져놓은 젠가 블록을 찾아와야 했다. 젠가 블록은 상춧잎 아래 숨어 있을 때도 있었고, 고추 이랑 사이에 누워 있을 때도 있었다. 그러나 나는 내려가지 않았다.

양 씨는 며칠간 얼굴을 보이지 않을 테고, 송 씨는 양 씨가 나타날 때까지 궁시렁거리며 다른 사람들과의 젠가 게임에 참여를 안 할 것이다.

며칠 뒤에 양 씨가 모습을 드러냈다.

나는 새로 장만한 두 개의 젠가 블록을 탁자 위에 올려놓았다. 하나만 비치되어 있던 젠가 블록이었기에 그동안 특정인들만 갖고 노는 게임이 되어 있었기 때문이었다.

"제가 우리 수업에 대해 말씀드릴게요. 우리 수업은 어르신들의 마음 치유가 목표입니다. 어르신들. 제가 바라는 것은 어르신들이 웃으시며 '오늘 하루도 참 잘 지냈다.' 하고 느끼는 것입니다. 이렇게 만나서 여러 프로그램의 활동을 하는 것은 혼자보다는 여럿이 함께 어울리는 것이 즐거워서라고 생각합니다. 여기 새 블록이 준비되어 있습니다. 그동안 잘 해오셨지만 서로 배려하고 소외되는 분이 없도록 보듬어 주셔요. 부탁드립니다."

"네. 네. 선생님."

어린이집 휴원으로 할머니를 따라온 윤종이가 먼저 큰 소리로 대답을 해 모두 한 차례 웃으며 다시 분위기가 밝아졌다.

나의 당부가 끝나자 이구동성으로 의견을 주고받았다. 그들은 출석한 사람들을 모두 불러 팀을 나누었다.

새로 산 젠가의 직육면체 나무 블록에는 블록마다 프린팅된 동물 문양이 있어서 블록을 하나씩 **빼내어** 위로 올리는 게임 외에 다양한 게임을 할 수 있었다. 그러나 나는 새로운 게임에 대해서 알리지 않았다. 이 탁자 저 탁자로 불려 다니며 그들의 새로운 분쟁에

판단을 내려줘야 하는 일을 만들고 싶지 않았기 때문이었다. 다행히도 그들은 동물을 12간지로 여겨 '개를 **빼라**. 쥐가 나가신다.'하며 좋아했고, 전에 사용하던 젠가 블록은 그들 중 힘없는 사람들이 모인 팀에게 돌아갔다.

따돌림을 당하던 박 씨가 부녀회 회장 팀에 들어 있었다. 어떤 부탁이나 칭찬을 받으면 보란 듯이 능력을 보여주는 부녀회 회장이 솔선수범을 보여주고 있었다. 늘 게임에 낄 수 없었던 그녀 옆에 바싹 붙어 게임 방법을 알려주었고, 한사코 손사래를 치던 그녀가 귓불까지 붉히며 조심스럽게 젠가를 **빼냈다**. 젠가 기둥이 잠시 흔들리더니 그대로 서 있었다. 그러나 그녀가 참던 숨을 내쉬며 들고 있던 젠가를 맨 위에 올려놓자마자 젠가 기둥이 무너졌다.

"아니, 기껏 한다는 게?"

부녀회장이 순식간에 얼굴색을 바꾸며 그녀를 향해 눈을 흘기는 순간 지켜보던 사람들이 모두 입을 닫았다.

"괜. 찮. 아. 괜. 찮. 아."

앞니가 **빠져** 발음이 새는 윤종이의 '괜찮아'가 휘파람처럼 강의실에 퍼졌다.

"다. 시. 해. 괜. 찮. 아. 괜. 찮. 아."

윤종이는 자신의 구호에 박자를 맞춰 손뼉까지 치기 시작했고, 그 자리에 있던 몇 사람이 윤종이를 따라 '괜. 찮. 아'로 입을 모았다. 풀이 죽어 고개를 떨구고 있던 그녀가 슬며시 웃자 윤종이가 앞니 없는 입을 벌려 깔깔거렸다.

며칠 전 싸움을 벌이고 나가 이틀 동안 얼굴을 보이지 않던 양 씨가 슬쩍 한마디 거들었다.

"무너져야 새로 짓지."

송 씨가 대꾸를 했다.

"쓰러지는 게 내 몸뚱이 같으니."

"세월에 장사가 있나. 요렇게 반듯하고 빈틈이 없으면 얼마나 좋을꼬."

"죽어야 새로 나지."

"자, 내가 이놈의 성질머리를 못 고쳐. 미안하게 됐네."

송 씨에게 사과를 건넨 양 씨가 점퍼 주머니에 손을 넣더니 젠가 블록을 불쑥 내밀었다. 전에 내가 그랬듯이 건물 뒤 텃밭을 샅샅이 뒤져 떨어진 것을 주워 왔을 게 분명했다.

은하수교는 한탄강의 주상절리 협곡이 내려다보이는 다리였다. 높고 낮은 기암절벽의 협곡을 가로지른 다리 앞에서 노인회의 회원들은 너나 할 것 없이 신발을 벗어들었다. 강이 그대로 들여다보이는 투명한 유리가 다리 가운데 1미터 폭으로 깔려 있어 신발을 신고서는 그곳을 밟지 못하게 되어 있었기 때문이었다.

"무섭냐? 우히히."

그들은 나들이를 나선다고 계획했을 때부터 신나 있었던 터라 몇 몇은 해설사의 설명을 들을 것도 없이 앞서 나가기 시작했다.

"이 나이에 이깟 게 뭐가 무서워."

"지금 떨어져 죽어도 좋다. 좋아."

"옴마야."

콧소리를 잘 내는 윤종이 할머니만 운영회장의 팔에 찰싹 매달렸을 뿐 그들은 거침없이 유리를 밟으며 걸어 나갔다.

나는 단풍이 번지는 강 위로 날렵하게 뻗쳐 누운 은하수 다리를 몇 발짝 옮기지 못한 채 서서히 공포를 느끼고 있었다.

"저기를 봐. 밥 먹은 뒤 걷는다는 다리가 뵈네."

"물윗길인가 뭔가."

"하늘에서 보니 세상 참 좋다."

앞서가던 그들은 멈춰서서 사방을 둘러보며 다리 저편에 있는 주상절리를 바라보고 한참 떠들어 대더니 다시 다리를 건너기 시작했다.

나는 주위를 살필 수 있는 여유가 없어지고 있었다. 처음부터 다리를 건널 마음이 없었다. 노인들을 인솔해야 하는 책임만 아니었다면 다리를 건너겠다는 생각조차 안 했을 것이다.

"다음에 태어나면 새나 되련다. 훨훨 날아다니며 산 보고 물 보고."

"뭘 재미야. 사람으로 태어나 이 고생 저 고생 하며 웃다가 울다가 가는 거지."

"마음 편해. 딱히 아쉬운 게 없어. 나 말야, 오늘, 내 손에 꼭 움켜쥔 것 저 아래에 다 던져버렸다."

그들이 크게 내지르는 말소리만 들었을 뿐 내가 겨우 걸어온 거리는 다리의 절반이 채 못되었다. 그들은 다리를 건너 나를 기다리고 있었다. 나는 겁이 나서 다리 위에 멈춰 선 채 그대로 서 있었다.

"선생님. 안 오고 뭐해?"

다리를 건너간 그들의 모습이 흐려 보였다. 현수교 주탑의 두루미 형상만 햇살에 쨍하게 빛나고 있었다.

그들 중 누군가가 큰 소리로 외쳤다.

"앞만 봐. 아래는 내려다보지 말고."

그리고 누군가가 내 쪽으로 달려오고 있었다.

그녀는 숨을 헐떡이며 내 팔을 움켜쥐었다.

"가 봐. 나랑. 내가 이렇게 잡고 가니까, 안심하고."

며칠 전에 윤종이 찬스를 얻었던 순자 할머니였다. 나는 나보다 머리 하나 작은 그녀에게 이끌려 발을 뗐다. 몇 걸음을 뗐을까?

질끈 감았던 눈을 뜨니 다리 끝에 모여 있는 그들이 눈에 들어왔다. 나는 그들에게 시선을 고정한 채, 너무나 훤히 비치는 저 아래의 물살을 떨쳐내며 다시 한 발 한 발 앞으로 걸어 나갔다. 내가 다리 끝에 도착하기 전에 마중을 나와 내 나머지 팔을 잡은 송 씨가 말했다.

"진작 말을 하지. 하얗게 질려 서 있으면 어쩌나."

"고맙습니다."

얼떨결에 다리를 건너게 된 나는 무안해서 가만히 서 있었다. 총무가 말없이 나를 바라보더니 목에 걸고 다니는 효도 라디오를 켰다. 귀에 익은 트로트가 나왔다. 그들은 약속이나 한 것처럼 모두 노래를 따라부르기 시작했다.

다시 다리를 건너 돌아올 때 나는 거의 그들에게 떠밀려 걸었다. 그들은 나를 에워싸고 걸었고, 나는 모처럼 그들이 몹시 든든했다.

나는 고개를 들어 앞을 내다보았다. 그리 멀지 않은 곳에 주상절리가 한탄강을 가운데 두고 양옆으로 떡하니 버티고 서 있었다. 분출한 용암이 굳으면서 만들어졌음에도 닮은 듯 닮지 않은 채 강 아래로 곧게 내리뻗은 수직 기둥들은 서로를 받쳐주며 한데 어울려 군상을 이루고 있었다.

당신의 뜨락

인도 블록 옆에 꽃이 가득 피어 있다.

일 년 전, 측량기사들이 측량기를 세워 놓고 한동안 길을 막더니 낡은 아스팔트길 위에 인도 블록이 깔리기 시작했다.

빌라의 담 밖에는 오십 센티쯤의 폭을 지닌 흙길이 남았는데 그곳이 꽃 덤불이 된 것이다.

길을 걷는 동안 나는 그에게서 들은 적이 있는 꽃들의 이름을 하나씩 기억해냈다.

톱니 모양의 잎을 지닌 벌개미취, 갈라진 줄기마다 빼곡하게 얼굴을 내밀고 있는 보랏빛 쑥부쟁이, 여름 내내 아홉 마디로 자라 꽃을 머금는다고 들었던 하얀 구절초.

황색 국화의 꽃송이들과 진분홍의 코스모스 줄기가 휘어져 나온 곳은 빌라 입구의 낮은 담 안쪽의 뜨락이었다. 그의 집 안방 창문 아래 작은 뜨락으로부터 시작된 가을꽃 덤불 앞에 서서 꽃들을 둘러보던 나는 두 개의 화분을 가득 채운 하얀 설악초 앞에 멈춰 섰다.

서울에서 나고 자란 때문인지 나는 계절을 채우는 들꽃의 이름을 거의 모르고 살았다. 언젠가 평상 옆에 놓인 화분 안에 가득 핀 이름 모를 야생화를 자세히 들여다본 적이 있었다. 쌀알 크기의 고것이 암술과 수술, 여섯 장의 꽃잎을 갖추고 있는 모양새에 빠져 나는 얼른 자리를 뜨지 못했다.

"이쁘지?"

그가 허리를 숙여 그 꽃들을 손으로 가리켰다.

"요 조그만 녀석, 가만있어 봐라, 저것. 죽다가 살아난 기특한 녀석, 그리고 꽃인지 잎인지 모를 요 녀석. 흐흐흐. 얘들도 요지경 속이야."

그가 가리키는 화분 가득한 초록의 화초, 시멘트 벽돌을 두른 작은 뜨락 안을 꽉 채운 꽃 덤불에서 하나씩 호명되는 이름과 모습은 누가 지었는지 그럴싸하게 어울렸다.

화초를 애지중지하던 그는 무심 걷고 있는 내딛는 나를 멈추게 하더니 하마터면 내 발에 밟혔을 보도블록 틈새의 노란 민들레를 지켜주기도 했었다.

보도블록 틈새에 날아들어 옹골찬 민들레를 피워낸 생명력은 한

동안 나에게 힘이 되어주기도 했다.

　나 자신이 힘들 때면 그동안 눈여겨보지 않았던 것들이 내게 가까이 다가온다. 그러면 나는 내 주변에 숨어 있던 그 작은 존재에 나름대로 의미를 붙이고 그 의미에 기댄다.

　작년 초겨울이었다. 서울로 진료를 받으러 가기 위해서 길을 나섰는데 눈에 익은 그의 뒷모습을 발견하고 그가 있는 쪽으로 가서 인사를 했다.
　"요 녀석은 약속을 지킨 거야."
　그는 건물 벽 모퉁이에 줄기를 뻗어 올린 청보라색 나팔꽃을 가리켰다.
　나는 살얼음이 어는 날씨에 벽돌을 덩굴로 감아 올라간 나팔꽃과 그것에 대해 기특하다고 여긴 그의 칭찬을 수첩에 옮겼다. 그리고 날짜가 정해진 수술이 두려워질 때마다 그것을 계속 읽었다.

　가볍게 부는 가을바람에 잎을 살랑이는 설악초 화분 앞에서 빌라의 구석 켠 벽을 바라보았다.
　야트막한 초겨울 볕을 모아 시린 서리를 버티고 기어코 활짝 핀 나팔꽃의 모습이 떠올랐다.

뜨락 한편에는 여름 내내 색색의 꽃을 피웠을 가지들이 뒤엉켜 말라가고 있었다.

나는 까맣게 잘 여문 씨앗 한 톨이 뜨락 안 어딘가에 잘 숨어 있다가 얼어 가는 땅 위로 줄기를 뻗고 꽃을 피워 주저앉는 누군가의 버팀목으로 감겨들 것을 믿는다.

세상의 모든 준비는 기대를 버리려는 누군가를 위해 차례를 기다려 쓸모를 다한다.

땅으로 들며 나는 꽃씨처럼 한데 모여 꽃피우다 어디론가 흘러가는 당신의 뜨락에서 가을이 물들고 있다.

설악초

'끼이익!'

창밖의 둔탁한 기계음이 이른 아침을 알려왔다.

영하의 날씨가 시작된 이후로 청소할 때가 아니면 창을 열지 않은 지 꽤 되었다. 앞 동은 이사가 빈번했기에 들려온 기계음이 새삼 궁금하지는 않았다.

빌라의 앞 동 현관 옆에는 두 사람 정도가 충분히 누울 만한 공간이 있었다. 앞 동의 101호 주인은 그 공간에 평상을 들이고 화분들을 여러 개 둘러 세웠고, 그곳은 80살 전후로 보이는 또래 노인들의 사랑방 역할을 해내었다.

내가 출근 시간에 쫓겨 허둥지둥 뛰어갈 때마다 평상에 앉은 101호 주인은 "출근?"하며 거수경례로 인사를 전했고, 나는 어색한 미소와 함께 고개를 숙여 인사를 했다. 나는 늘 종종걸음으로 그 앞

을 지났고, 그가 신문을 들여다보고 있을 때면 모른 체 그 앞을 지
나쳤다.

"차 조심해."

그가 항상 내 등 뒤에 전하던 마무리 인사는 언제부터인가 나를
향한 따스한 위로가 되어주고 있었다. 버스 시간에 맞춰 걸음을 서
두르다 넘어질 때도, ADHD 증상의 아이를 쫓아다니는 일이 버거
워 운동장 한가운데에 털썩 주저앉을 때도 아침에 받은 안부 인사
가 생각났다. 환갑의 나이에 의지할 데 없이 억척스레 살아가는 나
였기에 아침마다 건네주는 그의 인사가 고마웠다.

그렇게 봄이 지나고 여름이 왔을 때, 그의 사랑방 평상 주변에는
초록의 화초가 가득한 화분들이 늘어나 있었을 뿐 아니라 벽돌을
두른 작은 뜨락은 색색의 꽃 덤불로 가득했다.

가을이 되자 그의 사랑방 평상은 눈꽃 가운데에 있었다. 평상 주
위를 하얗게 물들인 설악초의 하얀 잎은 얕은 바람에도 팔랑거렸
다. 하얗게 띠를 두른 잎사귀 가운데 새초롬히 앉은 작은 꽃은 앙
증맞게 예뻤다.

그러나 그의 모습은 보이지 않았다.

반장 아주머니가 요란스럽게 이집 저집을 문을 두드리고 다녔

다. '이장세(里長稅)'를 걷으러 온 그녀가 불쑥 말을 꺼냈다.

"눈 깜짝할 사이에 겨울이 오네. 빌라 마당과 여기서 드나드는 도로에 눈이 쌓인 적이 없던 게 전부 101호 아저씨 덕분이었는데 올겨울은 어째."

"……."

"그 아저씨가 쓰러졌어. 뇌수술을 하고 집에 와 있었지. 얼마 전에 목욕차도 왔었어."

"많이 안 좋으세요?"

"자식들이 요양병원으로 보냈어. 다 소용없어. 소방관을 오래 해서 연금이 나오니까. 어휴. 그 돈으로 요양비 내면 되니까. 암튼 종일 부지런했다니까. 그 손에서 빗자루를 놓은 적이 없이 여기저기 쓸고. 여자 저리 가라야. 그 화초 가꿔놓은 것 좀봐. 불구덩이에서 사람도 여럿 살렸을 텐데. 사람이 열심히 살아도 끝이 좋아야 하는데."

혀를 차며 몹시 안타까워하던 반장 아주머니가 돌아간 뒤에 나는 한동안 멍하니 앉아 있었다.

작년 겨울이었다.

담 주변을 쓸고 있던 그가 나를 멈춰 세우더니 빌라 건물 벽 모퉁이를 손으로 가리켰다. 벽을 지탱해 덩굴을 뻗어 올린 청보랏빛 나

164

팔꽃이었다.

    살얼음이 어는 날씨에도 옹골차게 피어난 그 나팔꽃은 내가 힘들 때마다 떠올리는 고마운 인연이 되었다.

    설악초는 한 번 심어 놓으면 바람에 떨궈놓은 씨앗으로 다음 해 봄 그 자리에서 다시 자라난다고 한다. 그가 일군 뜨락에 눈꽃으로 번진 설악초를 그가 꼭 기억해내길 바라며 나는 그의 하얀 꽃 덤불을 보기 위해 신발을 신었다.

짧은 동행

안개가 채 가시지 않은 양지리의 아침은 마을 곳곳에 서 있는 키가 큰 나무들로 햇살이 뛰어내리고 있어서 청량했다.

미카엘이란 사진작가와의 DMZ 투어는 어색함으로 시작되었다. 물론 매끄럽지 못한 언어소통도 원인이었지만 차창 밖의 풍경에 시선을 둔 그의 조용한 몰입 때문이기도 했다.

미카엘은 서울 S아트센터가 주관하는 '리얼 DMZ 프로젝트'에 초청된 사진작가이다.

이 프로젝트는 한반도 비무장지대의 역설적 상황과 전쟁의 역사가 내포한 문제의식, 비무장지대의 의미 고찰을 주제로 한 기획으로 알고 있었다.

나는 그의 통역 가이드를 하기 위해 프로젝트에 참여한 예술가들에 대한 자료를 찾아 읽어 보았다.

설치 예술가와 사진작가, 화가들은 한국전쟁과 DMZ의 의미, 다양한 경계의 문제들에 대한 시선들을 예술로 공유하겠다고 그들의 취지를 밝히고 있었다.

아름드리나무로 빽빽한 5월의 숲은 '지뢰'라고 쓰인 이름표로 소리 없는 경계를 두르고 있었다.

카메라 장비를 갖춘 외국인의 검문소 통과 절차는 복잡했다. 통과를 기다리는 긴 시간 동안 나는 군청에서 가져온 관광 지도에 붉게 표시된 선을 가리켰고 "우리의 전쟁은 종전된 것이 아니라 휴전 중이고 북한군은 매우 가까운 곳에 주둔 대치하고 있다."라고 전했다.

우리는 사병과 동행하는 것으로 제2땅굴을 들어갈 수 있었고, 땅굴 입구에 와서 기다리고 있던 원사는 촬영금지를 부탁했다.

그는 키가 컸기에 땅굴 상단에 안전모를 계속 부딪쳤다.

땅굴 견학을 처음 경험해보는 나 역시 허리를 굽힌 채 그를 앞서 걷는데 땅굴 내부의 서늘한 냉기와 엄습하는 긴장, 지상과의 단절에 몹시 곤혹스러웠다.

퇴적층을 거꾸로 파헤치고 위로 올려세우는 것이 현대인의 능력이다. 그러나 내가 왕복한 제2땅굴은 원시적인 무모함이었다.

DMZ 지역은 삼엄한 경계 태세를 갖추고 있어서 미카엘이 촬영할 수 있는 곳은 없었다. 한국전쟁의 치열한 격전지였던 철원은 현재 휴전을 하고 있을 뿐이었다.

　다행히 그는 철새도래지에 호기심을 보였고 비상하는 두루미를 보고 싶어 했다. 그러나 우리가 서 있는 계절은 5월이었다.
　그는 철원 두루미 관에 들러 박제된 두루미와 동영상 속의 철새들을 촬영하는 것으로 만족을 해야 했다.
　박제된 두루미와 액자로 걸려 있는 박제된 전쟁의 상흔들이 묘하게 겹쳤다.

　소이산 등정은 바람 한 점 없는 뙤약볕 아래서 시작되었다. 이미 땅굴을 왕복한 두 다리는 적신호를 알려왔다.
　소이산 정수리는 일반적인 산마루가 아니었다. 바닥에 그려져 있는 푸른 별은 철원에 주둔하고 있는 청성부대 마크였다.
　힘겹게 오른 정상은 시뻘겋게 달아오른 우리에게 너른 평야와 구름이 빗겨 간 맑은 창공을 내주었다.

　"철원에서 기차를 타면 북한의 원산을 갈 수 있었다."
　나는 틈틈이 철원의 설명을 하면서 나의 역할을 다했다.
　현재 철원의 산천은 침묵 속에 있다.
　'DMZ의 경계는 인간들의 이기적인 장치'라고 생각하는 미카엘이

'인간과 경계'라는 주제를 어떻게 사진에 담을지는 온전히 그의 몫이었다.

"겨울에 오시라. 저 하늘을 떼 지어 날아가는 철새들을 볼 수 있다."

나는 이 말을 전하면서 내가 읽었던 책에서 작가가 전하는 한국전쟁을 생각했다.

'6·25라는 날짜는 찢어버린 달력장이 아니다. 오늘의 장이고 내일의 장이다. 우리는 전쟁을 돌이켜 보는 입장이 아니다. 아직도 우리는 전쟁 속에 있다. 역사적 기억, 과거의 무게 없이는 인간은 살 수 없으며 그것은 인간 안에 있는 인간 자체이다.'

다음 날 우리 일행은 월하리를 들렀다.

작은 담벼락에 그려진 소소한 일상과 함께 화단에 들쭉날쭉 고개 내민 이름 모를 꽃들, 밥상 위로 올라갈 여러 가지 채소들로 마을은 소박했다.

월하리를 상징하는 반달 모양의 조형물 아래 모난 곳을 한 번씩 돌려 깎은 듯 순하고 둥근 평온함 속에서 그가 느린 물살같이 고요한 동리의 길가에 받침대를 세운 뒤 카메라를 돌렸다. 그는 풍경을 조용히 담고 있었다.

경계를 분명히 하는 DMZ와 상반된 이미지의 월하리였다.

카메라의 시선은 존재를 담고 다시 내뿜는다.

나는 미카엘이 건네준 명함으로 그의 사이트를 방문하여 그의 작품들을 볼 수 있었다. 그의 작품들은 '암호화된 시'의 느낌을 주었다.

'전쟁의 상흔과 유유한 공존, 미래에의 희망.'

나는 철원을 향한 그의 시선과 공감이 더 이상 궁금하지 않았다.

작가의 역할은 경험하지 않은 사실을 괴리감 없이 자기만의 방식으로 전달하는 것일 뿐 수용은 다른 이의 몫이기 때문이었다.

우리의 짧은 동행은 그렇게 끝나가고 있었다.

지뢰꽃길 시 낭송회

문학회 회장이 '지뢰꽃길 시낭송회' 개최를 문자로 알려왔다.

개천절이기 때문에 한국어 줌 수업을 하지 않아도 되었고, 시작이 2시여서 남편에게 점심을 차려주고 자유롭게 길을 나서도 되었다.

버스를 탔다. 출판원고 마감일이 빠듯하여 조바심을 치는 와중이었지만 오래전 소이산에서 회장이 낭송하던 정춘근 시인의 〈지뢰꽃〉을 다시 듣고 싶은 마음이 앞섰다.

버스에서 내다보는 차창 밖의 가을 풍경은 아름다웠다. 투명한 하늘에 흰 구름이 그림을 그리고 있었다.

노동당사에서 내렸다.

길을 건너니 곳곳에 인파가 넘쳤다. 철원역사문화공원이 되어 철원 시가지의 옛 모습을 재현해 놓은 철원극장, 철원역사를 지나 중정공원에 도착했다.

무대 옆에는 문학회원들이 먹거리를 마련하고 있었고, 공연을 해 줄 팀이 악기를 설치하고 있었다.

시는 마음의 노래이다.

복숭아나무를 기르던 동생의 죽음 이후 복숭아는 제철에 탐스럽게 열렸건만, 복숭아는 동생의 얼굴이고 그리움이었기에 시를 낭송하는 여인도 그 시를 듣던 나도 눈가가 젖었다.

갈말도서관 문창반 학습자의 시는 운전면허 고령자 적성검사를 합격한 소회를 시로 썼는데, 앞을 모르는 우리네 인생에 누군가의 인정과 허락은 큰 힘이 된다는 것을 나 역시 공감했다.

시는 꼭 눈에 보이는 아름다운 것만을 만지지 않는다.

우리는 시인의 눈을 따라가서 우리가 방관했던 것, 우리가 숨기고 있는 것들을 마주할 수 있다.

철원의 지뢰꽃이 한국전쟁의 상흔을 말해주듯이 그녀는 미군 주둔 기지의 기지촌을 시로 전했다.

기지촌의 여성들은 그 당시 국가의 외화벌이 수단이었지만 치욕적인 대상으로 취급되었다. 그러나 누군가 기억을 해야 한다. 그녀들은 끼니를 거르는 고향 집의 가장이었다. 그리고 그녀들은 자신이 짓밟힌 것이 인권이란 것을 몰랐다. 아무도 가르쳐 주지 않았으므로.

드디어 회장이 앞으로 나갔다.

그녀가 암송하는 〈지뢰꽃〉을 듣고 있으면 그녀의 절절한 외침에 정신이 번쩍 든다.

정춘근 시인은 어쩌자고 가슴이 저릿한 이 시를 썼단 말인가.

이 시는 실향민 아버지의 비애와 그것을 기억하는 나의 가슴에 오래도록 아픈 시가 될 것이다.

시 낭송에 초대된 젊은 여자가수가 잔잔한 목소리로 〈옛사랑〉을 불렀다.

노랫말을 듣는 내내 가슴이 먹먹해져 눈가를 데우다가 문득 행복하다는 생각이 들었다.

이 가을. 감성을 적시는 시와 노래에 흠뻑 취하는 것이 행복이 아니겠는가.

나는 그렇게 소이산의 가을에 깊숙이 잠겨 가고 있었다.

철원의 글쟁이들

세상이 각박하다는 말을 많이 하지만 그래도 어딘가에서 누군가
는 거칠어진 그것을 둥글게 만든다.

고운 눈으로 섬세하게 보고 너른 마음으로 거르는 글쟁이들에게
주어진 사명이기도 하다.

철원은 한국전쟁의 상흔이 남아 있는 곳이다. 그러나 인동초의
뿌리처럼 꿋꿋하게 문학이 숨 쉬고 있다.

정춘근 시인은 오래전부터 문해교육을 펼치고 문학을 쉽게 풀어
내어 알려주고 있다. 그의 고군분투는 곳곳에서 펼쳐지고 있다.

시어머니의 수술 때문에 정신없는 일 년을 보내면서 내 작품들
을 특집으로 실은 〈철원문학〉을 받지 못했다는 것을 기억해냈다.
퇴근 후 책을 받기 위해서 회장의 집을 들렀으나 책은 전임 회장이

보관하고 있었다. 얼떨결에 회장의 차를 얻어 타고 전 회장댁에 갔다. 그녀는 나의 방문을 반기며 〈철원문학〉과 함께 문학 동인 '모을동비'의 동인지 〈기린 골 일기〉를 내게 건넸다. 이곳에서 창작활동을 하는 동호인들의 시와 수필이 알차게 담겨 있었다. 우리의 문학 이야기는 계속되었다. 그녀의 문학에 대한 자세는 누구보다 성실했고, 만학도인 그녀의 학구열 또한 대단했다.

이곳에 작품집을 펴낸 시인과 수필가 들이 많은 것은 작정하고 길을 나선 정춘근 시인이 철원의 곳곳에 발품을 팔아 글이 빚어내는 아름다운 세상을 보여주었기 때문일 것이다.

정춘근 시인과 쉼 없이 배우고 사유하는 철원의 열정적인 글쟁이들에게 찬사를 보낸다.

인연

    강의실에 들어온 그녀들은 고향이 같은 사람들끼리 모여 앉아 모국어로 안부 인사와 일 주일간 지내 온 이야기로 수다를 떨기 시작했다.

    베트남어, 태국어, 중국어가 한데 섞여 강의실이 시끌벅적하다. 나는 그녀들이 잠잠해질 때까지 기다렸다.

    알제리에서 온 결혼이민자는 말벗이 없지만 명랑한 성격을 가져서 여기저기 대화 속에 끼어들어 인사를 전했다.

    결혼이민자들을 위한 '한국어 발음 교정' 강의는 그녀들의 참여가 높다.

    오늘은 유기음화에 이어 'ㄴ 첨가'에 대해 배우는 날이다.

    나는 프린트를 일일이 나눠 준 뒤 화이트보드에 설명할 내용을 적었다. 미영 씨가 불쑥 질문을 했다.

    그녀의 말은 자신이 다니는 과자공장에서 옆자리의 언니가 매일 자신의 할 일을 마무리하지 않고 자신의 바구니에 쏟아 넣고 먼저 집에 간다는 내용이었다.

나는 그녀가 그 상황에서 해야 할 말을 알려주었다.

"언니. 내가 할 일이 아니에요. 언니가 할 일이예요."

그녀들은 'ㄹ' 발음을 어려워한다. '할 일'이란 단어를 반복하며 연습을 하고 있을 때 누군가가 말했다.

"그 사람. 불법이야. 신고해."

그렇다. 그녀들은 공장이나 식당 등 일터에서 부당한 대우를 받을 때가 많다. 고용주에게 임금을 못 받거나 함께 일하는 한국인들이 그녀들을 무시하는 일이 다반사이다. 그녀들 중 자신이 똑똑하다고 내세우는 이는 신고 정신에 투철했다. 아마 그들이 타국에서 살아가는 방법일 것이다.

첫 시간은 발음교재의 내용을 다룬 뒤 둘째 시간은 생활에서 사용할 수 있는 예문의 발음을 연습하게 된다.

어느 날 나는 나태주 시인의 시 〈선물〉을 프린트해 갔다.

시의 내용과 어휘를 설명한 뒤에 함께 시를 읽었다. 그리고 학습자들에게 개별적인 낭송을 하게 했다.

일본인 슈우꼬 씨는 60의 나이에도 항상 예의를 갖춘 학습자였다. 그녀는 자신의 다소곳한 외모와 맞는 차분한 낭송을 했고 모두의 박수를 받았다.

그 뒤 그녀는 오이를 재배하는 바쁜 와중에도 이 수업을 빼놓지 않고 출석을 하고 있다. 그녀가 한국 생활을 시작할 때는 결혼이민자들을 위한 기관이 없었기 때문에 정식으로 한국어를 배울 수 없었고, 부족한 한국어 때문에 늘 창피했다는 그녀가 늦은 나이에 한국어를 배우려고 결심한 것은 대단한 일이었다.

그녀들이 먼 나라에서 살아야 하는 결혼이민자를 택하기까지는 적지 않은 용기가 필요했을 테지만 그녀들은 대부분 강단 있고 의지가 강했다.

쉬는 시간이 끝났다. 나는 지난 시간에 조사한 그녀들의 애창곡 중 많은 관심을 보이던 〈인연〉의 가사가 프린트된 용지를 나누어 주었다.

가사의 내용 전달이 어려웠다. 노랫말은 구구절절 은유가 되어 있었고, 그들의 취약점은 한자어이기 때문이었다. 별수 없이 나는 쉬운 비유를 들어 가사를 전달했다.

다행스러운 것은 그녀들은 가사의 의미를 정확하게 모르고 있었지만 노래가 전달하는 애절함을 이해하고 있었다.

"슬프다."

"눈물이 나요."

"보고 싶어요."

그녀들이 노랫말을 읽고 노래를 따라부르며 노래에 대해 한마디씩 했다.

나는 그녀들에게 인연이란 어휘를 설명하면서 인연의 소중함에 대해 생각했다.

인연이 아닌 만남은 없다. 시절 인연도 인연이고 만나지 않았어야 했을 인연도 인연이 아닌가.

나는 반갑게 안기는 그녀들과 정을 키우고 있었다.

외사랑에 타버린 까만 씨앗이
야트막한 초겨울 볕 아래
시린 서리를 무던히 녹여내어
나팔꽃 덩굴로 감아 오르는

호르르 호르르 호르르
땅으로 하늘로 들며 나며

모이다 흩어지다 물들고 물들이는
이 세상.

– 〈너도 꽃이란다〉 중에서

제2부

시
詩

풍경 소리

잠시 비 그으려 들어선

길가 집 처마 끝

요란한 낙숫물 따라 올라가 보니

함석 지붕 위로 야단법석 뛰어내리는

고것들이

아슬아슬 겨우 매달린 낡은 물받이로 모여들고 있었다.

마침내 와르륵 휘어져 쏟아지는

그 명료한 차가움에

오도카니 놓인 두 발 위로도

무량수전의 풍경 소리가 후둑인다.

마음 종지

강가의 모래 위를
한 발 한 발 조심스레 걷습니다.
폭신하니 참 좋습니다.

어느새
모래알들이 신발 안으로 숨어들더니
두 발을 가만히 놔두지 않습니다.

외발 서기로 신발 한 짝을 벗어
바위를 냅다 후려치다가
움푹움푹 패어 있던 내 발자국 위로
그만 발라당 자빠집니다.

줄곧 이곳에서
소리 없이 부서지던 모래들이었고
끔벅이며 앉아 있던 바위였기에
몹시 미안해집니다.

방생

붉은 해가 강물을 풀어놓는다.

펼쳐 세운 佛龕(불감)의 금박이 눈부시다.

2월의 시린 강으로

미꾸라지들이

우르르 몰려간다.

있는 힘껏 허리를 비틀어

자갈돌 밑 모래 속을 비집고 들어간다.

보살들의 축원이

비늘 조각으로 녹아드는 은빛 강.

스님의 독경 소리가 청아하다.

수행(修行)

함지박에 빼곡히
올망졸망한 것들이
고만고만한 잎을 올렸다

모양 갖추어
손톱 만한 것들인데

물낯 저 아래
얽혀 있는 뿌리는
대견스레 옹골차다

구름이
잠시 머물다 간다

공(空)

이것은 네모

저것은 동그라미

운동장이요

하늘이요

모양이 없으니

이름 댈 것도 없는데

저것은 모난 돌

이것은 둥근 자갈

느낌이 없으니

생각 정할 것도 없는데

가슴에 들어찬 것은

분명

운동장도 하늘도

모난 돌도 둥근 자갈도 아닌데

달려도 끝없고

안으니 벅차다.

너도 꽃이란다

순한 바람 소리에
귀를 홀린 씨앗이
발꿈치로 닳은 보도블록 틈새에
해를 닮은 옹골찬 민들레를 앉히는

웅크려 못나 보이던 씨앗이
가지 가득 꽃차례를 채우더니
진한 수수꽃다리 향으로
출렁이는 긴 밤을 품고 있는

외사랑에 타버린 까만 씨앗이
야트막한 초겨울 볕 아래
시린 서리를 무던히 녹여내어
나팔꽃 덩굴로 감아 오르는

호르르 호르르 호르르
땅으로 하늘로 들며 나며

모이다 흩어지다 물들고 물들이는

이 세상.

너도 꽃이란다.

소묘(素描)

카바이트 불빛 줄지어 노랗던

금호동 로타리

고개 넘은 버스가 숨가쁘게 섰는데

밤길 무섭다

내내 기다렸을 엄마는

노점상에서 얻은 사과 궤짝을

너 들어라 한 적 없으셨다.

김 서리는 솥단지 아래

투두둑 타오르던 사과 궤짝

그새 뜨시다

떠주시던 세숫물.

달동네 내리막길

스멀스멀 기어든 지하수에

연탄불은 진작 꺼졌지만

군불 지핀 아랫목은 밤새도록 뜨거운데

소켓 전등 저편

엄마가 잠꼬대를 하신다

저어기 우리 큰 딸 내리네 우리 큰딸.

편지

잎들이 무리 지어 날린다.
덩그러니 슬픈
등 찢긴 허물.
그 위로 둥글게 감기며
미끄러지는 빛.
축축한 더듬이로
느린 나의 꿈이 기억한다.
온 가지를 하얗게 출렁이던
잇속까지 훤히 곱던
달큰한 울림이
여섯 개의 발로 욱신거린다.
저 아래
나무뿌리로 뛰어내려
미친 듯이 꽃잎을 흩뿌리던
너에게
날개로 부비는 마른 울음을 전한다.
−짧지만 숨이 멎을 듯한 순간이었다. −

행운목

나무랄 데 없는 이름.

쭈볏이 들어올린 순한 이마.

겨울 더미 밀어내던 발뒤꿈치로

새 살처럼 돋던

그가

또아리를 틀며 어린잎을 조금씩 밀어올렸다

혼자여도 충분한 때

냉큼 안아 그곳에 앉히고

총총히 내려가던 나의 굽은 등.

그가

기억하는 나의 모호한 꿈이다.

지상에 놓인 멀미 같은 떨림으로

조금은 어눌한 관념으로

그가

도도한 태양 아래 노랗게 타고 있다.

꿈

계단 아래
모래알 틈으로 날아들어
꽃잠 들다
비에 젖다
풍선처럼 부풀린 꿈

배부른 듯 목마른 듯
터뜨린 싹으로
가지를 늘이다
잎을 채우다
노랗게 꽃을 펼치니

세상이 아는지 모르는지
불현듯 욕심이 매달리고
뒤바뀐 몽상이
씨앗인지 꽃인지

쪽문 틈으로

구름이 높다.

환갑

말 배우는 세 살배기가 되어
염주를 굴리는 아침.

인연이었구나.
관세음보살,
그냥 보이는 그대로,
관세음보살,
있는 그대로,
관세음보살.

환갑을 맞은
분별심이기에
세 치 혀를 먼저 걸러본다.

"그, 그냥, 흐흑"
여자가 울기 시작했다.
"아, 잘못한 게 있군요."
"아니, 아니에요, 난 잘못한 게 없어요."
"도와줄 사람이 있나요? 아들은 어디 있나요?"
"숨어야 해요."
순간 미자는 소식이 끊긴 아들의 목소리를 기억해냈다.
'기다리지 마. 다시는 안 가. 다 죽여버리고 싶다고. 안가.'

ㅡ〈당신에게는 별것 아닌 달 이야기 ㅡ 여자 이야기〉 중에서

제3부

/

소
설

낮달

멍하니 앉아 있던 나는 벌떡 일어나 여벌의 옷을 주섬주섬 챙겼다. 국 사발이 쏟아질지 오줌통이 날아들지 예측할 수 없는 일이었지만 이달 치 돈을 받는 날짜가 보름이나 남아 있었다.

그녀를 처음 소개받을 때부터 순탄하지 않을 것이라는 예측을 어느 정도는 하고 있었다.

"이 집은 국가보조금과 상관이 없고, 말하자면 리더기 찍으며 드나들 필요가 없죠. 돈 걱정은 없는 집이니까. 음, 사적인 구인이죠. 이 방면에선 내가 제일 먼저 시작했고 많이 알고 있으니까. 뭐 여러 명이 가보긴 했어요. 연숙 씨가 차림새도 깔끔하고 배움도 넉넉하니 퇴짜 맞을 일은 없을 겁니다."

M자 이마가 반지르르한 센터장의 입에서는 항상 담배 냄새가 났다. 요양보호사 교육을 마치고 실습을 시작한 첫날이었다. 그때 나

200

는 RFID 리더기 사용을 위한 개인 위치 정보 활용 동의서에 서명부터 해야 했다. 내 처지에 더 내려갈 곳이 남아 있지 않다고 다짐했음에도 불구하고 그 리더기가 내 근무시간을 확인하는 전자발찌라는 비유를 듣자 울컥 눈시울을 붉혔었다. 휴지로 눈물을 닦아 내던 나에게 소장이 담담하게 말했었다.

"내가 하기 나름입니다. 마음먹기에 달렸다 이 말이지요."

그 집에서 일하는 사람들은 모두 그녀에게 치매 증상이 시작되고 있다는 것을 알고 있었다. 그러나 그녀의 위세에 눌려 아무도 그것을 입 밖으로 꺼내지 않았다. 그녀의 방 창문에서 내려다보이는 곳은 꽃인지 잎인지 하얗게 뒤범벅이 된 설악초가 가득했다.

"게을러 빠지긴, 너 대학 나왔다며? 좀 다른 줄 알고 썼더니 한심하다. 한심해. 그러니 이 꼬라지로 살지."

30분쯤 늦은 내게 욕을 퍼붓고 있는 그녀는 전에 보지 못했던 살굿빛 블라우스를 입고 있었다.

"멍청하게 서 있지 말구 빼다지에서 옷 좀 꺼내. 이런 걸 옷이라고 사 왔나 원. 날 백날 꼬셔 봐라. 한 푼도 어림없다, 어림없어. 쌍년."

나는 냉큼 서랍을 열었으나 그녀가 즐겨 입지 않던 주홍빛 튤립이 어지럽게 박힌 연한 핑크 블라우스를 집어 들었다.

"아니, 아니라고. 고르는 꼴 하구는. 그래서 돈 참 잘 벌어 처먹

겠다. 눈치라곤 찾아 볼래야 볼 수 없어. 쌍, 배운 년 못 배운 년 다를 게 뭐 있어? 싸그리 다. 에이, 에이잇."

침대 옆 보조 탁자에 놓인 물컵이 날아왔다.

나는 일부러 천천히 옷가지들을 뒤적거렸다. 나는 알고 있었다. 그녀가 찾는 옷을. 그러나 어차피 그녀의 화풀이 대상인 내가 그녀가 원하는 옷을 조금 일찍 내준다고 해도 또 다른 핑계를 대며 울화통을 터뜨릴 그녀였다.

"아우, 야, 야!"

그녀가 쟁반을 던지고 자신의 머리카락을 쥐어뜯기 시작했을 때 나는 백합과 체인 무늬가 뒤엉켜 있는 옥색 블라우스를 그녀의 코 앞에 내밀었다.

"죄송해요. 깜박했네요."

나는 그녀의 비위를 맞추는 대신에 그녀와 지내야 하는, 할당된 시간 채우기를 터득해가고 있었다. 그녀는 의외로 기억력이 좋았고, 시장에서 돌아치던 긴 세월이 엿보이는 교활한 구석도 갖고 있었다. 벌어 놓은 재산에 대해 자부심이 대단했으며 상대방의 처지를 꿰뚫어 막말과 무시를 퍼부었다. 그런 대우를 받을 때마다 나의 마음은 말 그대로 지옥이었다. 따지고 보면 불자 생활을 제대로 하게 된 것도 그녀 덕분이었다. 이십 년 넘게 불자로 지내면서 나는 막다른 골목에 이르러서야 방편으로 부처님을 찾고 있었다. 버벅

거리던 《반야심경》을 외워 독송할 수 있게 되었고, 집으로 돌아오면 큰스님의 《금강경》 설법 녹음테이프를 들었다. 18년 전 신중기도 때 녹음된 카세트테이프는 지그럭거리며 힘겹게 돌아갔다.

블라우스의 단추를 풀고 있는 내 얼굴을 빤히 들여다보고 있는 그녀가 가쁜 숨을 몰아쉬었다. 그녀의 굵게 패인 목주름 아래 늘어진 금목걸이의 커다란 루비 장식이 달싹거렸다.

"이쁘시네요."

그녀의 얼굴에 엷은 미소가 피었다. 구부렸던 몸을 일으키려고 시트를 잡던 내 손목을 움켜쥐는 그녀의 손아귀 힘은 당찼다. 덮고 있던 이불을 언제 젖혔는지 그녀의 하반신이 허옇게 드러나 있었다. 체모가 남아 있지 않은 그녀의 성기는 아기의 그것처럼 해맑게 살이 오른 복숭아였다.

"어머."

내 손을 그녀의 성기에 가져간 순간 나도 모르게 비명이 새어 나왔다.

"놀라긴 이 멍충아. 네가 그러니까 그렇게 사는 거야. 호호홋."

그녀가 내 손목을 풀어주고는 연신 깔깔거렸다.

그녀는 호박죽을 들고 들어온 영자 씨 앞에서 어머, 어머 하며 내가 뱉은 말투를 흉내 내며 죽 한 그릇을 깨끗이 다 비웠다.

"아바지 얘기 좀 해보라."

"……."

"피란 내려온 야기 들은 것 없뉘?"

팔도를 두루두루 엉덩이 걸쳐 보지 않은 곳이 없다고 했던 그녀가 이북 사투리를 쓰며 유난히 보채고 있었다.

내가 3.8따라지의 딸이란 것을 눈치 빠른 그녀가 알아차린 것은 이북 사투리 쟁개비 때문이었다.

"내 쟁개비 가져오라! 내 말 알아 듣가써? 아니 모르니?"

"아 아악 내 머리. 놓으라니까. 머리 좀, 이것 좀, 놔. 그래야 찾지."

"반말했냐? 어디서 반말이야. 쌍놈의 에미나이가."

영자 씨는 머리채를 잡힌 채 안절부절못하고 있었다. 나는 급히 주방으로 달려가 싱크대 여기저기를 열어보다가 보조 싱크대 아래 칸을 열었다. 저 깊숙한 곳에서 바닥이 거뭇거뭇 우툴두툴한 작은 냄비를 발견했다. 방바닥을 가득 채운 방짜유기들을 발로 거둬 밀어내고 영자 씨의 머리채를 움켜쥐고 있는 그녀 앞에 가져온 냄비를 불쑥 내밀었다.

"니네 똑바로 알아두라. 내가 이 쟁개비로 밥만 해 먹고살았다면 그건 오산이다. 내가 한강에 나동그라진 얼어붙은 시체들을 발로 툭툭 차며 군인들이 혁대에 두른 미숫가루를 빼 와서리, 이 쟁개비에 담아 그냥 먹은 줄 아니? 내다 팔았음, 으흑, 좁쌀로 바꾸고, 어흐, 어흐흑."

그녀는 끝내 울음을 터뜨렸다.

그녀가 한국전쟁 때 겪은 이야기를 오열 속에 열변하는 동안 잠시 진정이 되었는지 머리카락이 한 움큼 뜯겨나간 영자 씨에게 오만 원을 주었고, 쟁개비를 잘 찾아온 나 역시 오만 원을 받았다. 그녀의 기억은 한동안 6·25 사변에 머물렀다. 물론 내가 그녀의 이야기를 잘 들어주는 시늉과 함께 추임새 넣듯이 사리원에서 피난을 내려왔던 내 아버지와 고모 세 명의 이야기를 해주었기 때문이었다.

그녀의 간병 일에서 힘든 것 중 하나는 배변이었다. 중풍이 왼쪽만 경미하게 온 그녀의 증상에는 물리치료와 적절한 운동이 필수였지만 병원에 가기는커녕 그녀가 퍼붓는 욕설과 막무가내의 행패 때문에 집으로 불러들인 물리치료사들도 머리를 설레설레 흔들고 가는 게 다반사였다.

"아줌마, 꽉 막고 있어요. 금방은 효과가 없으니."

"얼마나요?"

간호사는 대답 없이 방을 나갔다. 나는 가랑이를 벌리고 누운 그녀의 항문을 비닐장갑을 낀 손으로 누른 채 중얼중얼 숫자를 세었다.

"야, 이 와중에 경을 외냐? 정신을 어따 둔 거야. 손치웠. 치우라고. 아이고 나 죽네."

"참으시라구요."

방으로 돌아와 옆에 서던 간호사가 짜증을 낸 그때 그녀가 내 팔뚝을 깨물었다. 내가 화들짝 놀라 팔을 뒤로 뺀 순간 관장액과 섞인 똥물이 사방에 튀었다. 간호사의 비명에 뛰어온 영자 씨의 난감한 얼굴 앞에서 아무 일도 없었다는 듯이 태연한 그녀의 표정에는 심술이 뚝뚝 흐르고 있었다. 나는 입가에 튄 똥물을 닦아 내면서 어금니를 꽉 깨물었다.

돌이켜보면 중풍으로 칠 년간 누워 있던 아버지의 대소변을 치워 본 적이 없다. 평생을 도박판에서 보낸 아버지가 중풍으로 쓰러진 뒤, 동두천의 단칸방에 누워 있을 때도 나는 그의 건강을 걱정하지 않았다. 아버지가 도대체 언제쯤 죽을 것 같은지 가끔 막내에게 전화로 묻는 게 전부였다. 나의 월급을 봉투째 빼앗아 도박판으로 들고 가던 아버지였기에 증오심을 버릴 수 없었다. 나는 아버지가 원하던 담배 가게를 내줄 남자를 만나지 못했고, 논 한 평도 제 것이 아닌 농사꾼과 서둘러 결혼을 했다. 아버지가 곧 죽을 것 같다는 엄마의 전화를 받고서야 아이를 업은 채 볕이 들지 않는 구석방 윗목에 시체처럼 누워 있는 아버지의 얼굴을 마주했다.

"큰아이야 너, 우… 어데 사니? …결혼은…?"

핏줄은 무서웠다. 대소변을 치우며 수발을 들던 엄마를 알아보지 못했다던 아버지는 내가 누구인지 대번에 알아보았다. 아버지는 흐느끼듯 겨우 입술을 모으며 말을 이어갔고 나는 발악하듯이 울부짖었다.

"왜 나를 평생 괴롭히세요. 왜? 결혼? 했어요. 왜요?"

"……."

아버지의 움푹 꺼진 눈이 잠시 반짝였다.

"가난한 농사꾼과 했어요."

"네가 왜? 네가. 우우."

아버지가 서럽게 울었다.

"아버지 때문에요. 왜요? 내 꼴을 봐요. 이게 다 아버지 때문이에요."

나는 예전처럼 내게 달려들어 때릴 수 없는 사지마비의 아버지에게 어디서부터인가 잘못 얽힌 내 삶의 불안을 퍼부었다. 아무리 악을 지르고 울부짖어도 내 속은 시원해지지 않았다. 그날 내가 죽어가는 아버지 앞에서 내뱉은 말들은 나 스스로 어깨에 짊어진 걸림돌이었다.

"웅덩이 피하려다 늪에 빠진 꼴."

그녀의 정신이 또렷이 맑던 어느 날 그녀가 내게 불쑥 던진 말이었다.

"고모 얘기, 해보라."

나는 비교적 얌전한 그녀의 상태를 놓치지 않으려고 손톱 줄을 가져와서 그녀가 물어뜯은 손톱의 거친 부분을 둥글게 갈았다. 온 몸을 빡빡 긁어대는 통에 그녀의 목과 가슴팍, 사타구니에서 진물이 흐르고 있었다. 하지만 그녀의 손에 손목 보호대나 장갑을 착용하게 할 수는 없었다.

그녀는 자신과 동갑내기인 큰고모의 이야기를 자주 묻곤 했다. 지금에 와서 돌이켜보면, 그녀를 찾아오는 친구가 한 명도 없었기에, 제 또래 이야기를 듣고 싶어 한 것 같다.

'비추나 항상 고요하고 고요하나 항상 비춘다. 불생불멸 불구부정 부증불감.'

그녀가 내어준 휴식에 나는 《반야심경》 해설을 읽을 수 있었다. 그녀는 순둥이 아기처럼 잠들어 있었다.

그녀가 깼다. 팥죽을 찾는 그녀로 인해 고요하던 집 안이 다시 분주해진 사이 오른손에 쥐고 있던 백팔염주를 얼떨결에 그녀에게 빼앗겼다.

"경 읽고 이것 돌리면 저기 좋은 데 가냐? 나, 오늘 정신 맑다. 너, 저기 앉아 뭐라고 씨부렁거리던데?"

"내 염주 주세요."

"누가 갖겠다 했니? 너. 돈 없지? 그러면서 뭔, 부처에 미쳐서. 발바닥에 불이 나게 움직여야 잘사는 거야. 나 보라. 피란 내려와서리 천막 학교도 못 가 보고, 깜깜한 새벽부터 원단 가게에서 동동거리며 일했어. 버스비가 아까워 개지구 동대문에서 금호동 꼭대기까지 걸어 다녔는데, 손수건을 잘근잘근 씹으면 침이 나와서리 목마르지 말라고 그렇게 하구 다녔어."

그녀의 과거 이야기는 내가 들려준 고모들의 삶과 섞이고 있었다. 더불어 아버지에 대한 기억이 늘 나의 허리춤에 매달렸다.

설악초의 잎사귀가 얇아지면서 잎 가장자리를 하얗게 물들이며 꽃잎처럼 하늘거렸다. 아기의 귓불 몇 조각을 이어 붙여 놓은 것 같은 설악초의 꽃은 작고 앙증맞아 가까이 들여다보아야 눈에 들어왔다. 그들이 하나인 듯 흔들거리며 벌과 나비를 꼬여 들게 하는 동안 그녀 역시 본능에 매달렸다. 쌕쌕 숨을 몰아쉬며 손가락으로 성기를 문지르다 그 손가락들을 혀로 핥는 일이 잦았다. 내가 방에 들어갔을 때 그녀는 손가락으로 항문을 파다가 쿵쿵거리며 냄새를 맡고 있었다. 내가 기막혀 하며 얼굴을 돌리는데 그녀가 내 손을 덜컥 움켜쥐었다.

"이러지 마세요. 더럽게."

"뭐?"

"자, 손 씻겨 드릴게요."

"너 뭐라 했니? 밤낮 서방에게 두들겨 맞고 오는 에미나이 주제에, 뭐라? 내가 드럽다 했니?"

아차, 싶었다. 그녀의 눈초리가 한층 싸늘해졌다. 나는 내 머리채를 잡히나 싶어 얼른 그녀의 몸에서 떨어졌다. 나의 예상을 벗어나 그녀가 침착하게 말했다.

"네 염주. 이 가방에 있으니 열어서 찾아 꺼내 가."

그 가방은 그녀의 목숨 같은 것이었다. 그 가방을 지닌 자신의 위세가 딸이나 며느리 앞에서도 대단하다는 것을 그녀는 알고 있었다. 그 가방에는 그녀가 아끼는 패물들과 소유한 건물들의 문서, 통장들이 있을 것이라고 모두가 추측만 했을 뿐 아무도 그것을 열어보거나 뒤져보지는 못했다. 그러나 그녀가 가져간 내 염주 또한 내 목숨줄이었다. 내가 겪는 고통들이 내 탓이라고 생각해본 적이 없었기에 내게 닥친 모든 일 들이 부당하고 억울했다. 무엇보다 아들이 망막박리로 오른쪽 시력을 잃은 장애를 갖게 되었다는 사실은 매일 밤 가슴을 부여잡고 통곡을 해도 삭힐 수 없는 일이었다. 나의 삶은 점점 피폐해졌고, 죽은 아버지를 닮은 남편의 술주정과 폭행 역시 거칠어져 갔다.

나는 그저 하루하루를 살아내고 있을 뿐이었다. 나의 마음은 늘

뿌리 없이 떠다니고 있었고, 장미 목 108 염주는 내가 기댈 수 있는 유일한 의지였다.

　나는 내 염주에 홀려 별다른 생각 없이 그녀의 배 앞에 놓인 묵직한 가방을 내 앞으로 당겨와 지퍼를 열었다. 그때였다. 느닷없이 그녀가 내 손목을 움켜잡아 비틀었다.
　"야, 뭣들 하냐. 여기 와보라. 도둑년이다, 도둑년."
　"홀랑 벗겨서 싸악 다 뒤져 보라."
　달려온 영자 씨의 얼굴이 일그러졌다. 다급히 올라온 함 기사는 머쓱해하면서 거실로 나갔다. 삼 층에 쌓인 원단들을 둘러보려고 들렀던 딸이 그녀의 옆에 서서 눈짓으로 무슨 일이냐고 내게 묻고 있었다.
　"내 염주를, 가져가신 염주를 돌려주신다고. 가방을 열어보라고 하셨어요."
　"벗겨서 찾으라니까. 뭣들 해. 내 목걸이 훔쳤다. 반지도. 이년이"
　그녀가 내 손목을 놓더니 고래고래 소리를 질러댔다. 이런 일들은 주로 영자 씨가 겪던 일이었다. 그래서 나는 나 또한 이런 일을 당할 수 있다는 것을 한 번도 생각해 본 적이 없었을 뿐 아니라, 도둑년 취급을 당할 때마다 팔팔 뛰며 억울해하는 영자 씨를 건성으로 다독이곤 했었다. 그만 나가보시라고 말하는 딸의 팔에 매달려

꺼이꺼이 울기 시작한 그녀가 또박또박 말했다.

"없이 사는 것들은 배은망덕해. 배운 척하면서 《불경》 쓰고 이딴 것 굴리면서 훔쳐대고."

바닥에 염주 알들이 굴렀다. 내 염주였다.

'감히 내 염주를 저렇게 찢어발기듯 알알이.'

나는 그 순간 그녀에게 달려들어 두 손 가득 주름진 그녀의 목을 움켜쥐어 있는 힘껏 조르고 싶었다. 그렇다. 나는 조금 전까지만 해도 그녀의 간병인이었지만 그녀가 몸도 마음도 온전하지 못한 노인이라는 생각이 들지 않았다.

살기가 뻗쳐 독이 오른 나는 입고 있던 카디건을 벗었다. 정전기가 손등을 스쳤다. 두 손으로 셔츠를 잡아 말아 쥔 채 위로 들어 올려 벗은 뒤 내려놓았던 카디건과 함께 딸이 서 있는 쪽으로 던졌다. 바지를 내리는 손가락들이 와드득 떨고 있었다. 오른쪽 넓적다리 위 흉터가 벼 잎 모양으로 눈에 들어왔을 때 손에 쥐고 있던 바지가 손가락에서 미끄러지듯 벗어나 두 발 위로 고였다.

나의 몸은 생전예수재(生前像修齋)를 올리는 무량수전에 서 있었다. 스님 두 분의 겹 바라무가 태징의 울림과 함께 시작되고 있었다.

"차르르, 촤르륵……."

두 장의 바라가 찰싹 맞물렸다가 떨어지며 윙윙거리며 귀를 울려댔다. 앙다물고 있던 입안 가득 침이 고였다. 나는 두 발을 하나씩 차례로 바지에서 빼냈다. 그리고 한 발로 바지를 밀어 서 있는 딸의 발 앞으로 보냈다.

나는 웃고 있었다. 아버지가 죽일 듯이 휘두르던 파라솔 봉에 머리를 맞아 미적지근한 피가 입술 위로 고일 때도, 남편이 술에 취해 던진 아가리 깨진 맥주병이 넓적다리에 꽂힐 때도 빙긋이 웃다가 키득거렸었다. 그들과 대항하여 내가 할 수 있는 것은 무시와 경멸이 고스란히 담긴 비웃음뿐이었다. 그렇게 웃으면서도 사실 나는 속으로 항상 겁을 내고 있었다. 그들은 그것을 몰랐을 뿐이었다.

태징 소리에 맞춰 울리던 북소리 장단이 빨라지면서 한 몸이 되었던 바라가 갈라지며 튕겨 나가 공중에 나선을 그렸다.

'어리석음도 죄야.'

순간 나는 실룩이던 입술을 힘주어 깨물었다. 비린내가 코안으로 퍼지며 웃는 것을 멈췄다.

이제 나의 마음자리 어느 곳에도 두려움은 없었다. 나는 두 팔을 뒤로 젖혀 브래지어를 풀고 앞쪽으로 옮겨 와 탈탈 흔들어 터는 시늉을 보였다. 비린내가 진동하며 무언가 입안에 가득 고였다. 나는 그것을 삼키며 조금의 머뭇거림도 없이 브래지어를 쥔 손으로 팬티를 훅 내렸다. 태평소가 찢어질 듯 울부짖을 때의 전율이 벌거벗은 다리 안쪽으로 파고들었다. 허리를 굽혀 발아래 다소곳이 앉은 팬티를 다시 올릴 때 바닥으로 뛰어내려 경쾌하게 구르던 염주 알들이 눈에 들어왔다. 그제서야 나의 얼굴을 가로 세로로 잡아당기던 경련이 풀리기 시작했다. 귓속을 요동치던 범패와 의식무의 연주도 끝났다. 핏줄 사이를 타고 오르던 바라 소리의 여운일까? 세상의 소리가 커다란 공기주머니 속에 채워져 있었다. 내가 못 듣는 것인지 듣지 않으려고 애쓰고 있는 것인지 알 수 없었지만 내 앞에 서 있는 인간들의 지껄임이 들리지 않는 것은 다행이었고 만족스러웠다. 나는 서두르지 않았다. 옷가지들을 하나씩 주워 올려 왼팔에 걸쳤다. 그리고 거실로 나와 아주 천천히 옷을 입었다. 격렬하게 떨었던 두 손이 광목 기저귀를 둘둘 말아쥔 것처럼 둔하게 움직이고 있었기에 나는 여전히 느림 속에 갇혀 있었다. 이 느낌은 세상과 차단된 나만의 세상에 오롯이 들어앉게 되었다는 안도였다. 딸이 내 앞에 서 있었다.

"남은 이틀 치 제하고 월급 주세요. 지금 주세요. 영수증 써 줄 테니 지금."

그때 내 턱은 피칠갑을 하고 있었고, 나는 칼로 판 듯이 쪼개져 있는 입술 안쪽을 스무 바늘이나 꿰매야 했다.

국산 차 공장의 기계는 언제나 큰 소리를 내뱉으며 억척스럽게 돌아갔다. 더불어 나의 목소리도 점점 커져만 갔다. 꿀렁이며 계속 쏟아져 나오는 유자청을 병에 담고 옮기는 일에서 밀려났다. 며칠 동안 죽을힘을 다해서 온몸으로 버티던 일이었지만 행동이 꿈 뜨다는 지적을 받은 뒤 구석방에서 각기 다른 민속 차의 분말 스틱을 정해진 개수대로 세어 포장 용기를 채워야 했다.

"윙, 위이잉, 끼이익, 드르륵…."

소리들이 맹렬히 덤벼들었다. 시작은 바람 소리였지만 나사 박는 소리로 바뀌어 귓속을 파고들어왔다. 구역질이 느닷없이 밀려오면서 어지러워 눈을 뜰 수 없었다. 나는 공장을 하루 쉬기로 하고 이비인후과를 찾았다.

어처구니가 없었다. 나는 한쪽의 청력을 잃은 상태였다. 나의 일측성 난청은 시간이 흐르면서 나머지 한쪽마저 진행된다고 의사가 조곤조곤 설명했다.

진료비 계산을 마치고 돌아서는데 억센 손아귀가 어깨를 잡아 돌렸다.

"영 못 보는 줄 알았네. 히힛."

영자 씨였다.

"안녕하세요?"

"얼굴이 빠졌네. 잘 먹고 다니지. 저기 그 집. 나도 관뒀어."

"……."

"히히. 그 염주 알. 자기 것. 피 묻은 방바닥을 걸레로 훔치고 있는데 그 할멈이 모조리 주워 다시 실에 꿰라더니. 실을 끊고 먹었어. 삼켰다니까. 내가 방에 들어갔을 때 파랗게……."

영자 씨의 목소리가 들리다 안 들리다를 반복하더니 칼바람이 귓바퀴를 돌며 빠르게 몰려들어 왔다.

"어쩌다. 놀라셨겠네."

그녀는 아주 신나게 그리고 잠깐잠깐 누가 들을까 염려하는 몸짓을 섞어가며 그녀에 대해 나불거렸고, 간호사의 호명이 들리자 손가락 두 개를 들어 전화하라는 제스처를 만들어 보이며 검사실로 뛰어갔다.

나는 화장실로 들어가 변기 위에 앉았다.

'보살님들이 보리라고 부르며 예뻐하는 저 누렁이가 부처라고 생각해본 적이 있나요? 불공드리며 공덕을 쌓으면 무엇 하나요. 집으로 가는 길에 입을 놀려 죄다 버리고 갈 것을. 부처님은 어리석은 중생들을 깨치기 위해 인연 따라 여러 몸으로 나투십니다.'

나는 변기 위에 걸터앉아 부리나케 가방을 뒤졌다. 파우치 안으로 들이민 손가락으로 동그란 염주 알 한 개가 잡혀 들어왔다. 큰스님이 주셨던 장미 나무 염주 알이었다.

이정표 없는 길을 돌고 돌아 내 몸 하나 편하기 위해서 뒤늦게 방편 삼은 뗏목. 부끄러움을 모르는 이 손으로 뗏목을 엮어 무엇을 하려고 한 것일까? 머릿속에서 앞서거니 뒤서거니 하면서 설익은 조각들이 냅다 뜀박질하고 있었고 입안으로 밀어 넣은 염주 알 역시 세 치 혀의 움직임에 따라 이리저리 굴러다녔다. 벌거벗은 몸뚱이로 방바닥에 피를 뚝뚝 흘리며 기껏해야 한 줌 주워 온 염주 알은 고작 몇 개였던가. 혀 위를 구르던 염주 알 덕분에 입안에 침이 고였다. 약간의 힘만 주었을 뿐인데 제법 잘 굴러 목구멍으로 넘어갔다. 몇 알을 넘겼을까? 목구멍이 뻑뻑해 다시 힘을 주어 삼키는 순간 귓속에 두 장의 바라가 들어와 한 몸이 되어 바르르 떨었다.

여섯 개의 침대 중 오른쪽 가운데 침대에 그녀의 이름이 걸려 있었다.

"나는 이런 것을 좋아합니다."

그녀는 공손한 말씨와 함께 복숭아를 달게 삼켰다. 삐죽빼죽 여기저기 쥐가 파먹은 듯 보이는 그녀의 백발과 검버섯이 가득 핀 얼굴에서는 교만이 가득했던 부잣집 마나님의 흔적들을 찾아볼 수 없었다. 참으로 낯선 모습이었다. 머리를 짧게 자르려던 했던 것같다. 아마도 그녀는 있는 힘껏 악을 쓰며 거부했을 것이다.

"맛있게 드시니 제가 좋네요."

나는 그녀를 처음 대하던 날처럼 멋쩍은 얼굴을 한 채 마지못해 웃어 보였다.

"한 개 더 드시게 해도 되나요?"

"똥 범벅이나 하지."

연변 말투의 간병인이 마지막 복숭아 조각을 그녀의 입에 넣어주더니 그릇과 수저를 들고 화장실로 들어갔다. 유독 단맛이 제대로 든 황도만 찾던 그녀였음을 기억해서 들고 간 복숭아였다.

돌아온 간병인은 가래 끓는 소리를 내며 이 노인네는 찾아오는 사람도 없다는 둥 사납고 지랄 맞다는 둥 한참을 떠들어댔다.

"잘사시던 분이에요. 이런 곳에 모실 분이 아닌데. 잘 부탁드립니다."

나는 간병인의 손에 오만 원 한 장을 쥐여 주었다. 간병인이 그 돈을 받은 만큼 그녀를 잠시라도 잘 돌볼 것이라는 기대를 하지는 않았다. 단지 그것이 내가 할 수 있는 유일한 행동이었다. 다른 세상을 배회하고 있는 그녀는 나를 몰라보았다. 멍하니 앉아 있는 그녀를 바라보고 있으니 함께 지냈던 기억들이 눈앞을 스치고 지나갔다. 그때 그녀의 간병인이 된 것은 돈을 벌기 위해 나 스스로 선택한 일이었다. 이 빠진 사자에 불과했던 노인에게 모멸감을 느꼈던 내가 어리석었을 뿐이었다. 문득 영자 씨의 수다가 떠올랐다.

"매일 조몰락거리며, 에이그. 자기를 많이 찾았어. 그걸 입으로 빨고 퉁기고 했는데."

나는 내 손목에 차고 있던 염주 팔찌를 뺀 뒤 그녀의 왼손을 내 앞으로 당겼다. 멈칫거리며 뒤로 빼려는 그녀의 손목에 염주 팔찌를 끼워주고는 그녀의 눈길을 피해 얼른 고개를 돌렸다. 그때였다. 탄식 같은 명호가 나의 정수리 가운데를 푹 찌르며 들어 왔다.

"관. 세. 음. 보. 살."

그녀의 입에서 도르르 굴러 나온 염주 알 같은 관세음보살이었다.

그녀는 꼿꼿이 허리를 편 채 홍조가 오른 얼굴 가득 엷은 미소를 띠고 있었다.

요양병원에서 나와 이십 분을 걸어 버스 정류장 앞에 섰다. 하늘에 낮달이 떠 있었다. 오늘 뜬 저것 역시 때 이른 것이었다. 넓은 하늘 한구석에서 겸연쩍어하며 떠 있는 뿌연 낮달이 나의 우치와 닮았다고 느끼는 순간 눈앞이 시리도록 환해졌다.

당신에게는 별것 아닌 달 이야기 - 여자 이야기

그녀는 휑한 양은솥의 아가리 속으로 머리를 들이밀었다. 한쪽 손으로 솥 바닥을 짚고 나머지 손으로 아가리 입구 바로 아래 접힌 곳을 더듬었다. 우툴두툴 껴있는 기름찌꺼기가 손가락 끝에 찐득하게 달라붙는다. 일 년 전 돼지 수육을 삶아 내고 대충 물로 헹궈 낸 흔적이다.

'게을러빠진 년들.'

욕을 중얼거려보아도 부녀회장을 선두로 몇몇 계집들이 보란 듯이 자신을 골탕 먹이려는 것을 떨쳐낼 수는 없었다. 다시 양손으로 솥 아가리를 쥐고 휘어졌던 몸을 일으키는데 마침 캐노피 천막 앞에서 이쪽을 보고 서 있는 두 명의 사내가 눈에 들어왔다. 옳다구나, 미자는 그들을 향해 손을 들어 몇 번 흔들었다. 그들이 냉큼 달려와 솥 앞에 멈춰 섰다. 미자는 몹시 어색했지만 생전 흉내조차도 내지 않던 콧소리를 넣으며 입을 뗐다.

"이것을 씻고 물을 받아 끓이라는데, 난 혼자 못 들어요."

"어이쿠야, 이짝으루 나와요. 물러서요."

눈이 옆으로 째진 비쩍 마른 사내와 담배를 입에 물고 있던 다리가 유난히 짧은 사내는 보란 듯이 냉큼 커다란 양은솥을 마주 들고 물 호스 쪽으로 걸어갔다. 미자는 그들의 뒤태를 보다가 바지 주머니에 쑤셔 넣어온 커피 스틱 한 봉지를 꺼내 냉큼 입안으로 털어 넣었다. 이마 언저리에 선명한 빛이 한 줄로 지나갔다.

달랑 대파와 설탕을 사러 가는 일에 우르르 몰려나갔던 계집들은 한참 후에야 낄낄거리며 돌아왔다. 3리 할머니들이 무를 다듬어 납작이로 썰고 소고기 덩어리들도 숭덩숭덩 썰어 물이 펄펄 끓는 양은솥 안으로 밀어 넣은 뒤였다.

백여 미터 앞 본부석 엠프에서 음악이 터져 나오더니 개회식 뒤에 이어지는 체육행사를 알리는 사회자의 멘트가 이어졌다.

"우리 오성 읍민의 날 한마음 축제가 시작되었습니다. 우리의…이 체육행사는 삼…읍민들이 참여하고 이를 축하하는 축하공연이……읍민들이 하나되는 화합의 장이 ……."

장삼리 구장을 가득 울리는 인사말이 웅웅거리며 미자의 귀에서 뭉개졌다.

미자는 남편이 마을 이장을 맡으면서 해마다 열리는 읍민잔치 때마다 마을 여자들과 함께 일을 해야만 했다. 마을 여자들은 미자에게 손찌검을 하는 남편을 본 뒤로 그네들 역시 비쭉거리며 미자를 따돌리고 있었다. 미자는 늘 혼자서 물 한 모금 마실 틈도 없이 쌓이는 그릇을 씻어댔었다.

사람들은 점심으로 차려진 반찬들을 안주 삼아 삼삼오오 간이 식탁에 모여 술을 마시고 있었고, 물 호스를 연결해 놓은 임시 개수대에는 설거지할 그릇들이 큰 대야를 가득 채우고 있었다.

오늘, 미자는 자신이 해야 할 그 일거리가 대수롭지 않게 여겨졌다.

미자는 설거지통 뒤에 세워둔 훌라후프를 집어 들었다.

마을은 빠른 속도로 변하고 있었다. 마을의 논과 밭은 상가를 세놓을 수 있는 건물로 채워지고 미자의 눈요기가 되어주던 풍경들은 차례로 사라졌다.

뽀얀 꽃잎을 하르르 날리던 벚나무도 잘려 나갔고, 바람에 서걱이던 옥수숫대와 이따금 길가로 휘어지던 해바라기도 파헤쳐졌다. 미자가 남편을 피해 숨어들던 너른 호밀밭도 터파기공사와 콘크리트타설 작업을 재빠르게 마쳤다.

겨울이었다.

한동안 눈을 쏟던 하늘은 눈을 거두며 남색으로 짙어져 가고 있었다. 며칠 동안 내린 눈이 녹다가 얼다가 하며 다져진 길은 몹시 미끄러웠다.

바람에 날아든 눈송이가 미자의 콧등에 앉아 녹아내렸다. 바로 그때 미자는 두 발 모두 허공을 내지르며 넘어졌다. 큰 대자로 자빠진 미자는 놓친 손가방을 잡으려고 허리를 옆으로 틀었다. 엉덩이부터 등짝까지 이어지는 통증에 잠시 숨을 고르던 미자가 무릎을 세우려고 힘을 준 순간, 그녀의 두 다리가 길 아래로 빨려들듯이 미끄러져 내려 몸뚱이째 곤두박질쳤다. 미자는 관 크기의 공간에 반듯하게 눕게 되었다. 단숨에 벌어진 사태에 놀란 미자였지만 미자는 그 자세 그대로 꼼짝도 하지 않았다.

온통 하늘이었다. 하늘은 그녀의 이마 위로 터질 듯이 부풀었다가 다시 멀어졌다. 미자는 광활한 하늘 아래 누운 자신의 초라한 몸뚱이 어딘가에서 꿈틀거리며 올라온 그것을 별수 없이 울음으로 쏟아내었다.

그곳은 골조공사를 마친 두 건물 사이에 난 공간이었지만 우연히 미자에게 주어진 도피처였다.

미자는 이듬해 봄 건물 공사가 다시 시작될 때까지 밤마다 그곳을 찾아들었다. 그리고 관 속에 눕듯이 누워 지나온 시간을 한 토막씩 기억해 끄집어냈다. 냉기는 발끝부터 시작해 등을 지나 뱃속으로 전해졌고 그것만 참아내면 이내 몽롱해졌다. 살을 에는 추위 뒤에 오는 나른한 잠은 부드럽고 황홀했다.

아득한 곳으로 천천히 뒷걸음질 치다가 단번에 휘감겨버리는 그 유혹의 시간은 길지 않았다. 미자는 나락으로 빠지는 끝자락 즈음에 자신의 의도와 달리 안간힘을 쓰며 깨어나는 마지막 순간을 만났고, 결국 몸을 일으켜 앉아 웅크린 채 흐느꼈다.

겨울이 그렇게 막바지를 향해 가고 있을 때 관 속에서의 죽음 놀이를 하던 미자도 더는 흐느끼지 않게 되었다.

두 팔을 한껏 올려 콘크리트 밖으로 튀어나온 쇠파이프를 잡고 도로 위로 발을 내딛는 때마다 이대로 얼어 죽지는 않는다고 나직이 몇 번씩 중얼거리게 되었다.

이른 봄, 건물의 내부 공사가 시작되었고, 그들은 그곳을 흔적도 없이 메꿔 버렸다.

그 겨울이 그렇게 지나고 이듬해 봄, 읍내에 가족 상담소가 생겼다.

그들은 지역신문에 백 퍼센트 취업 보장이 된다는 자격증 취득에 대한 광고를 냈고 우편함에도 그들의 광고지가 꽂혀 있었다. 각 교육 기관과 요양병원에 취업할 수 있다는 심리상담사와 치료사의 자격증은 다양했다.

미자는 가족 상담사 2급 취득 수업을 받아 자격증도 취득했다. 그러나 국가가 인정하는 자격이 아닌 민간자격증으로는 취직을 할 수 없었다. 구인 구직 사이트를 뒤져 민간자격증의 무용지물에 대해 알 수 있게 된 뒤에도 그녀는 그 사실을 입 밖으로 내놓지 않은 채 다른 자격증 취득을 권하는 상담소에 발을 끊었다. 나이를 불문하고 모여든 주부들이 도시락까지 싸 들고 와서 수업을 들으며 취업의 꿈에 한껏 부풀어 있는 모습들을 흩트려 놓고 싶지는 않았기 때문이었다.

서울에서 온 시외버스가 정류소 앞에 잠시 섰다가 동그란 화단 둘레에 U자를 그리며 마지막 종착지로 향해 달려 나갔다.

조용한 정류소는 멈춘 시계처럼 무료했다.

미자는 판타지 살롱의 홀 청소일을 끝내고 항상 이곳으로 왔다. 매표소를 갖추고 있었던 정류소는 이제는 승차권을 팔지 않아 버스를 기다리는 사람들이 잠시 앉았다 가는 공간이 되었다. 작은 단칸방 크기의 정류소에는 긴 의자가 한 개 놓여 있었고, 빛에 바랜 금강초롱 사진 액자와 고추냉이의 효능에 대한 광고지가 한쪽 벽면을 차지하고 있었다.

그녀는 의자에 앉아 멍하니 맞은편 건물 옥상에 있는 낡은 십자가 탑을 올려다보았다. 건물의 이 층에 세 들어 있던 개척교회는 녹이 슬은 십자가 탑만 덩그러니 남겨두고 없어졌다. 한 번도 하느님을 찾은 적 없던 미자였지만 어둠만 가득한 골목 골목으로 정신없이 도망칠 때 하늘을 향해 우뚝 솟아 이정표가 되어주었던 십자가 탑이었다.

하늘은 매번 달리 보였다.

달을 숨긴 하늘은 지친 듯 꽁무니를 십자가 탑 위에 걸치고 앉아 있었고, 노란 달이 박힌 하늘은 너무나 드높아 가슴이 서늘해질 정도였다.

미자가 일하는 숙소로 직접 찾아온 소장은 초대장을 내밀며 배시시 웃고 있었다. 그녀의 설명을 따르자면 초대의 입장료는 만 원이었고, 덧붙여 누군가에게 줄 만 원 상당의 선물을 준비해야 했다. 시큰둥한 미자에게 소장이 눈을 찡긋해 보였다.

"가셔요. 오랜만에 콧바람도 쐴 겸 겸사겸사. 우리 미자 님은 제게 오천 원만 주셔요. 제가 만 원처럼 보이는 선물을 준비할 테니. 오케이?"

소장은 능수능란한 여자였다. 그곳에 들른 주부들은 그녀 앞에서 눈물 콧물 다 빼며 자신의 사연을 털어놓았을 뿐 아니라 그녀가 권하는 자격증 취득에 매달렸다.

"미자 님. 다음에 저와 따로 얘기할 게 있어요. 미자 님은 우리의 기대주라는 것을 잊지 마세요. 이 파티는 우리 회원들 모두가 회복탄력을 받을 수 있는 기회입니다. 그동안 우리에게 형성된 라포. 믿으셔도 됩니다. 흐흐흐."

한때 미자는 그녀를 능력자로 인정했었다. 그녀만이 누가 볼 새라 꼭꼭 여민 미자의 심리상태를 제대로 꿰뚫어 보았기 때문이었다.

의자 기법 실습에 시범을 보이게 된 미자는 죽은 아버지가 앞에 앉아 있다는 상황극에 몰두한 나머지 켜켜이 묵혀 둔 원망을 울부짖으며 해댔고, 상황극 막바지엔 원수로 여기고 있었던 아버지를 용서했을 정도였다.

중요한 것은 그 뒤 그들이 부추기던 심리 변화가 결코 미자에게 일어나지 않았다는 것이었다. 미자는 자신의 취업 실패보다 그것이 더 억울했는지도 모른다.

소장에게 다시는 코를 꿰지 않겠다고 결심했던 미자는 그녀가 조곤조곤 설명하는 '회복 탄력'이란 단어에 솔깃해져 결국 그녀의 초대에 응하고 말았다.

W시로 가는 소장의 봉고차는 이미 꽉 차 있었다. 여자들은 들떠 있었다. 파티. 초대장. 시골 아낙네들이 솔깃해질 만했다.

"환영합니다. 여러분은 선택받은 오늘의 주인공이십니다."

행사장 입구에서 여자 두 명이 이름표를 만들어 참석하러 온 이들의 가슴에 일일이 달아주고 있었다. 미자는 얼떨결에 '청소년 상담소장'의 이름표를 달았다.

"선생님들. 간직한 꿈이 있으시지요? 자, 내가 꼭 되고 싶은 사람이 되는 겁니다. 오늘은 그 특별한 날이에요."

각지에서 모인 회원들은 직함과 함께 쓰여 있는 자신의 이름에 성취감을 느끼며 행복해했다.

자기소개가 시작되었다. 자기소개임에도 불구하고 '○○○의 엄마예요. 내 딸은 이쁘고 대학생인데'라고 말하며 딸을 앞세우는 이가 있는가 하면, 남편의 직함을 길게 소개하는 이도 있었다. 맨 앞자리에 앉아 있다가 인사를 하러 나온 젊은 베트남 여자는 시외버스 매표소에서 여러 번 본 얼굴이었다. 그녀는 자신의 이름표 '다문화 상담소장'을 가리키며 서툰 한국어로 자신의 당찬 포부를 밝혔다.

미자를 비롯해 그곳에 모인 모두의 자기소개가 끝나고 그들은 마련된 뷔페식을 먹었다. 둥근 테이블에 샴페인과 와인이 있었고, 전혀 술을 마시지 못하는 미자도 분위기에 젖어 와인을 두 잔이나 마셨다.

불이 꺼졌다.

여자가 서 있었다.

전에 의자 기법을 하러 왔던 남자가 한 폭의 흰 천으로 그녀의 몸을 둘렀다. 그렇게 그녀의 몸은 여러 색의 천에 덮었다.

"지금 당신은 방에 있습니다. 어떤가요?"

"……."

"자, 마음을 차분히. 무슨 생각이 떠오르나요?"

"무……무서워요."

"뭐가요?"

"……"

"누가요?"

"……."

"혹시, 당신은 남편에게 맞고 있나요?"

"……."

"맞아야 할 이유가 있나요? 생각해보세요."

"그, 그냥. 흐흑"

여자가 울기 시작했다.

"아. 잘못한 게 있군요."

"아니. 아니에요. 난 잘못한 게 없어요."

"도와줄 사람이 있나요? 아들은 어디 있나요?"

"숨어야 해요."

순간 미자는 소식이 끊긴 아들의 목소리를 기억해냈다.

'기다리지 마. 다시는 안 가. 다 죽여버리고 싶다고. 안가.'

미자는 왼쪽 가슴을 마구 찔러대는 통증에 몸을 웅크렸다. 명치 끝부터 올라온 뜨거운 덩어리가 목구멍에 부딪혔다. 숨을 몰아쉬었다.

"지금. 무엇이 가장 힘들다고 느끼나요?"

남자의 목소리에 힘이 들어갔고 젊은 남자 두 명이 나와 그녀의 몸을 휘감은 천들을 양쪽에서 잡아당기기 시작했다.

"아아, 제발. 잘못했어요……. 어흐흑."

"밀치고 나와 보세요."

"모, 못해요. 어흐흐."

그녀를 비추고 있던 작은 조명마저 꺼지자 온통 어둠뿐인 강의실 여기저기에서 흐느끼는 소리가 새어 나왔다.

다시 조명이 켜지고 그녀는 양쪽에서 당기는 천에 둘둘 말린 채 당겨지는 쪽으로 이리저리 끌려다니고 있었다.

순간 미자가 자리에서 벌떡 일어나 외쳤다. 아니 고함을 지르고 있었다.

"끌려다니지 마. 벗어 던져. 아무도 안 와. 네 손은 두고 뭐해."

"야, 이년아. 잘못이 없다며 왜 당해. 병신같은 년. 당해도 싸."

마이크를 들고 있던 여자가 내뱉은 욕설이 추임새가 되어 판을 고조시키기 시작했다.

"애새끼 때문에 도망도 갈 수 없잖아? 그치? 갈 데도 없고. 넌 그냥 이 꼴로 사는 거야. 한심하게 살 바에는 죽는 게 나아. 그런데 넌 죽지도 못해. 에이 한심한 년."

계속해서 비아냥거리는 여자의 앙칼진 목소리에 장단을 맞추듯 남자가 울고 있는 여자에게 다가가 발길질하는 시늉을 했다.

그때였다.

"저 새끼를 죽여야 해. 저 새끼를 물어뜯어!"

악에 받쳐 내지르는 미자의 분노에 우루루 여자들이 앞으로 몰려나갔다.

두 명은 그녀에게 달려들어 그녀를 감고 있던 여러 겹의 천을 풀어 얼이 빠진 그녀를 빼내었고, 대여섯 명은 남자에게 몰려 가 누구는 가슴팍을 잡고 흔들고, 또 다른 이는 천을 감아쥐고 있는 남자 한 명의 팔을 깨물었다. 마이크를 들고 있던 여자는 한 아주머니에게 멱살을 잡힌 채 벽으로 바싹 몰렸다.

불이 켜졌다.

달려 나갔던 여자들이 각자의 행동을 멈추고 잠시 머쓱해져 있을 때 남자가 두 손을 들고 외쳤다.

"나를 지키세요. 울고 있는 나에게 다가가 용기를 주세요. 자. 다 함께. 소중한 나! 나는 소중하다! 소중한 나. 용기를 갖자! 나를 사랑하자!"

남자의 목소리가 격앙되어 떨리고 있었다. 그곳에 있는 모두가 감정에 취해 두 팔을 올려 좌우로 흔들며 구호 제창을 위해 목소리를 한껏 높였다.

다섯 명의 상담소장들은 계속 가정 폭력과 연계되는 역할극을 해냈고, 모두를 흥분시키던 시간이 함성과 함께 끝났다.

미자는 심리치료의 원동력을 끌어올린 사람으로 소개되었고, 각 상담소 교수들의 칭찬을 받았다. 함께 한 여자들은 너나 할 것 없이 자신감에 차올라 몹시 즐거워했고 호명되는 번호에 불려 나가 각자에게 주어지는 회복 탄력을 위한 선물을 받았다. 미자가 받은 것은 한 손에 들어오는 둥근 꽃 모양 지갑이었는데 작게 접힌 천원 한 장과 함께 쪽지가 들어 있었다.

─힘들어하고 있는 당신에게 곧 자유가 찾아옵니다.─

번호표와 맞바꾼 선물들을 풀어 보느라 부산해진 여자들에게 교수가 외쳤다.

"행복합시다! 소중한 나. 꼭 행복하겠습니다! 자, 모두 큰 소리로 따라하세요!"

여자들이 모두 환희에 차서 소리 질러 외쳤다.

그들이 외치는 '행복합시다!'가 주술처럼 들리는 순간, 미자도 벅찬 기대에 젖으며 지갑을 꽉 움켜잡았다.

그 뒤 미자는 그 지갑을 항상 주머니에 넣고 다녔다.

미자는 조금씩 배짱이 생겨났고 뜬금없이 탄력을 받는 자신에게 간혹 놀라기도 했다. 문득문득 두렵다는 생각이 들 때면 잽싸게 부정을 했다. 그녀에게는 별다른 도리가 없었다.

232

"잔치? 노는 날 아냐? 먹고 마시자고 모이는 거잖아. 이런 것 정도는 입어줘야지. 자, 입고 가."

그녀는 빨간 뭉치를 내밀었다. 엉덩이 부분에 스팽글 장식이 요란한 반바지였다. 미자가 받아 쥔 반바지의 허리춤에는 고무밴드가 달려 미자가 입기에 충분했다.

"고마워. 내가 빨리 얼큰하게 김치찌개 끓여줄게."

"이모. 까짓거 일등 먹어버려."

세나가 주먹을 흔들어 보였다.

룸살롱에 나가는 그녀는 미친 듯이 마시고 춤추며 손님 접대 일을 하고 돌아와 거의 이틀은 죽은 듯이 누워 잠을 잤다. 다른 아가씨들처럼 말끝마다 붙이는 욕질도 없었고, 사장에게 홀 청소와 숙소 청소비만 받는 미자가 그녀의 방구석에 널브러져 있는 빨래를 해주면 그것에 대한 셈법이 확실했다. 어떻게 살다 이곳에 왔는지 서로 얘기를 주고받은 적은 없었지만 세나는 미자를 이모라고 부르며 살갑게 굴었다.

작년 크리스마스를 며칠 앞둔 때였다.

세나가 미자 앞에 훌라후프를 불쑥 내밀었다. 허리를 심하게 구부린 채 걷던 미자에게 훌라후프가 도움이 된다는 의사의 말을 전하더니, 엉거주춤 서 있는 미자에게 훌라후프를 돌리는 법을 알려주었다. 미자는 숙소 청소를 하는 틈틈이 훌라후프를 돌렸고, 실력이 제법 늘고 있었다.

체육대회가 무르익어가고 있었다. 훌라후프 종목은 지원자들이 많이 몰려 출전자들이 운동장에 꽉 찼다. 무조건 훌라후프를 오래 돌리는 자가 준결승으로 나갈 수 있었다. 심판이 종료를 알리는 호루라기를 불 때까지 훌라후프를 떨어뜨리지 않고 돌리고 있어야 했다.

예선전에 이미 많은 사람이 떨어져 나갔고, 결승에 오른 선수는 단 세 명인데 미자도 들어 있었다.

가을볕 아래 삼십 분 이상 훌라후프를 돌리느라 땀범벅이 된 선수들에게 생수병과 함께 잠시 휴식 시간이 주어졌다. 다른 두 명이 생수병을 들어 벌컥거리고 있을 때 미자는 챙겨온 커피믹스 봉지를 뜯어 혓바닥에 쏟아붓고 마구 씹어댔다. 건조해진 혀 위에서 모래처럼 버석거리던 커피 뭉치가 침과 섞여 잇몸에 들러붙었다.

미자는 물을 마시는 것도 잊은 채 마구 요동치는 가슴을 몇 번 쓸어내린 뒤 땀에 젖어 넓적다리에 휘감기던 몸뻬바지를 벗어 던졌다.

그녀를 본 누군가가 내지르는 짧은 탄식을 들은 것 같았지만, 그녀는 보란 듯이 빨간 반바지로 단상에 올랐다.

엷은 바람조차 한 점 없는 장삼리 구장 단상 위에 우뚝 선 미자의 두 다리는 벗어던진 몸뻬바지의 꽃무늬 같은 자줏빛 멍으로 가득

했고, 그 피멍 위로 9월의 빛이 쏘아댔다.

미자는 다리를 어깨 정도로 벌리고 오른발을 약간 앞쪽으로 놓았다. 그리고 훌라후프를 배꼽 근처에 가져간 뒤 크게 숨을 들이마셨다. 그 순간 호루라기 소리가 찌를 듯이 고막을 지났고, 동시에 미자는 훌라후프를 잡은 손을 풀었다. 신기하게도 훌라후프는 이제 막 바람을 채운 축구공처럼 허리춤에서 튕겨 나갔다. 느낌이 좋았다. 미자는 죽을힘을 다해 시계 방향으로 골반을 틀었다.

'괜찮아. 잘하고 있다. 미자야. 힘 빼.'

미자는 주문을 외듯이 자신을 다독거렸다. 그 덕에 자칫 놓칠 뻔했던 감각을 다시 찾아 허리를 가볍게 앞뒤로 움직였고 몸통이 더는 흔들리지 않았다.

'좌로, 미자야, 괜찮아. 그래, 이젠 우로. 옳지.'

안정권을 유지한 미자의 시야에 각목을 든 채 단상으로 달려오는 익숙한 얼굴이 보였다.

'미자야, 겁먹지 마. 오늘이다. 오늘이야. 날아보자. 미자야.'

미자는 두려움에 움츠리는 자신을 타이르며 이를 악문 채 훌라후프를 돌리는 것을 멈추지 않았다.

그때, 순식간에 단상으로 뛰어올라온 미자의 남편이 각목으로 냅다 미자의 머리를 휘갈겼고, 옆에서 훌라후프를 돌리던 뚱보의 비명과 함께 미자의 몸은 단상 밖으로 날아갔다.

미자는 조회대 바로 아래 상품으로 줄 세워 놓은 자전거들 위로 떨어졌다.

사람들이 미자에게 달려왔다.

제일 먼저 달려온 사회자가 넘어간 자전거 더미에서 미자의 몸을 일으키려고 하자 그녀가 그의 팔을 밀어냈다. 미자는 몸을 바들바들 떨면서 스스로 일어섰다. 그리고 두 팔을 간신히 올리며 셔츠를 벗었다.

"저 여자 뭐니? 엄마야, 피야 피."

"미쳤나 봐."

웅성거리는 말소리들이 띄엄띄엄 들려왔으나 미자는 속옷 차림의 자신이 조금도 부끄럽지 않았다. 더운 피가 목덜미를 타고 내려가, 덜 아문 흉터들이 문신처럼 얽혀 있는 등으로 흘러내리고 있었다. 뒤쫓아와 미자의 멱살을 움켜쥐는 남편에게선 진저리나는 술내가 가득했고, 미자는 분에 차서 부들거리는 남편을 빤히 바라보았다.

며칠 전, 여느 때처럼 창고로 질질 끌려가 공처럼 웅크린 채 등으로 그의 발길질을 받아내고 있을 때였다. 만취한 그가 문을 걸어 잠그는 것을 잊었는지 덜 닫힌 창고 문틈 사이로 뽀얀 달빛이 새어 들고 있었다.

언제나 똑같았다. 컴컴한 농기구 창고에서 매를 맞는 미자의 비명을 듣는 사람은 없었다. 있는 힘껏 비명을 내질러도 그 소리는 울림이 되어 천정으로 튀어 오르다 다시 그녀의 고막으로 곤두박질쳤었다.

'꽁꽁 얼어붙던 겨울, 콘크리트 구조물 틈 사이에 누워 바라본 검푸른 하늘은 겹겹이 놓인 구름 뒤로 노란 달을 안고 있었다. 때마다 나는 그 빛에 홀려 얼어가는 몸을 일으켜 관 속 같은 그곳을 빠져나왔다.'

미자는 웅크렸던 몸을 재빨리 펴면서 그의 가슴팍을 있는 힘껏 양손으로 떠밀었다. 바닥에 나자빠진 그를 뒤로한 채 그녀는 문틈으로 비집고 들어온 익숙한 그 빛을 좇아 창고 문을 열고 뛰어나왔다.

가로등이 켜진 도로로 나온 미자는 두 팔을 벌리고 허리를 활처럼 뒤로 젖혀 하늘을 마주 보았다. 노란 달이 가슴으로 들어왔다.

미자는 입안에 가득해지는 피 냄새에 약간 겁을 먹었지만 웃으며 또박또박 힘주어 말했다.

"흐흐. 노란 달, 노란 달. 흐흐."

사람들이 웅성거리며 그들 주위로 하나둘 모여들었다.

"너, 이 미친년."

미자의 남편이 미자의 목을 쥔 두 손에 팽팽하게 힘을 주었을 때, 누군가 그를 미자에게서 떼어냈다.

"마을 잔치에 개판을 치네. 니미."

"일 년 행사를 말아먹었네. 저 새끼."

"웬일이라니? 저 흉터 봤어?"

"아유. 됐어. 두들겨 맞건 어쩌건 저 집 가정사야."

주저앉아 있던 미자는 일어나려고 움찔하다가 앞으로 힘없이 고꾸라졌다.

미자는 인적 없는 강가의 모래 위를 걷고 있는 자신을 바라보고 있다.

모래 위를 한 발 한 발 조심스레 걸으니 참 좋다. 그런데 신발 안으로 숨어든 모래알들이 미자의 두 발을 찔러대며 가만히 놔두지 않는다. 미자는 외발서기로 신발 한 짝을 벗어 바위를 냅다 후려치다가 움푹움푹 패어 있던 제 발자국 위로 그만 발라당 자빠졌다.

미자는 몸을 일으켜 앉아 바위를 바라보다가 고개를 돌려 걸어온 모래 위 발자국에 천천히 눈길을 주었다.

줄곧 이곳에서 소리 없이 부서지던 모래들이었고 끔벅이며 앉아 있던 바위였다.

고개를 들어 하늘을 올려다보았다.

뒤엉키다 흩어지는 구름 사이로 해가 쏟아지고 있었다.

238

만화경

창틈으로 새어든 빛이 천정에 고였다. 그 빛은 잘 익은 반달의 모양으로 형광등 위로 날름 올라 앉아 있었다. 연숙은 한 줌도 못 되는 앙증맞은 고것에 홀려 마치 만화경의 원통을 쥐고 요리조리 돌리는 기분으로 그렇게 앉아 있었다.

"북소리다."

엄마를 기다리느라 늦게까지 남아 심심해하고 있던 윤종이가 창으로 냅다 달려갔다.

"빨리 와봐요. 저기, 저기를 봐봐요."

일본 스님이라고 알려진 그가 일정한 북소리를 내며 학원 건물로부터 백여 미터 앞을 지나가고 있었다.

오 년 전부터인가 그는 한여름 해가 끓는 대낮에도 북을 치며 나직한 독경과 함께 동리를 돌았고 한파로 얼어붙는 겨울날에도 역시 똑같은 차림으로 그렇게 걸었다.

들리는 말을 빌자면 스님은 일본의 과거사를 사죄하는 도보 고행을 하는 것이라 했고, 덧붙여 효자라는 칭찬도 있었다. 촌부들이 권하는 먹을거리를 꼬박꼬박 홀어머니께 가져다드린다고 했다.

자신이 존재하지도 않았던 시대의 죄를 인정하고 대신 사죄하고 있다는 그 스님의 참회는 볼 때마다 묘한 기분이었다.

사방이 꽁꽁 얼어붙는 이 추위에 하얀 승복 위에 걸친 노란 가사가 오늘따라 오래 눈에 머물렀다.

연숙은 천천히 기억을 더듬어 갔다.

그 집은 산동네에서 제일 컸다. 미장이부터 목수까지 공사장 일은 두루 다 해왔다는 주인아저씨는 방 하나에 부엌이 딸린 형태로 앞마당을 중심으로 ㄷ자 집을 만들어 여러 가구의 세를 놓았다.

건넌방에 살던 모자는 집을 비우는 적이 많았다. 스님이 되는 대학을 다닌다는 아들을 자랑스러워하던 그 아주머니는 그녀의 엄마보다 나이가 많아 보였고, 그 동네 아줌마들이 다니던 면봉 공장도 다니지 않았고, 말린 명태를 찢는 부업도 하지 않았다. 어느 절의 공양 보살이라고 들은 것도 같다. 그 아주머니가 집에 머무는 때에는 늘《불경》을 독송하는 나지막하면서 단단한 그녀의 목소리가 마당까지 새어 나왔다.

도박장을 운영하던 연숙의 아버지는 삼청교육대의 징집 대상이었다.

　연숙은 삼청교육대에 끌려가면 반죽음을 당하거나 병신이 되어 나온다며 두려워하는 아버지를 굳이 걱정하고 싶지는 않았다.

　연숙네의 사정을 알고 있었는지 그 아주머니가 어느 날 연숙을 부르더니 《반야심경》을 건네주었다.

　연숙은 《반야심경》의 뜻을 제대로 알지 못한 채 아주머니가 일러준 대로 《반야심경》을 부지런히 읽기 시작했다.

　《반야심경》을 독송하는 것은 수치스러운 이 상황을 피하고 싶은 방편이었다.

　시위 진압대가 최루탄을 터뜨렸다.

　도로변에 있던 가게들은 셔터를 내렸고 어제 만해도 대학생들이 유쾌하게 북적이던 거리에 최루탄 가스가 빠르게 번지고 있었다.

　대학생들의 시위 따윈 자신과 무관하다고 여겼던 그녀는 빨리 그곳을 벗어나고 싶다는 생각으로 버스 정류장으로 뛰다시피 걸었다.

　길에는 전경들이 깔렸고 행인들을 길가 한쪽으로 몰아세우고 있었다.

　최루탄 가스로 덮인 거리를 쫓기듯 걷는 연숙의 두 눈은 불로 지지는 듯 쓰라렸고 들이킨 최루탄 가스는 목구멍을 짓이기더니 달

귀진 유리 조각이 되어 가슴을 마구 찔렀다.

그때 연숙은 억센 누군가의 손에 뒷덜미가 잡혔고, 그 완력은 연숙을 그대로 질질 끌고 가 잡혀 있는 학생들 무리로 떠밀었다.

연숙은 겁에 질린 채 눈물과 콧물을 줄줄 흘린 채 경찰서로 끌려들어 갔다. 그들은 잡혀 온 모두에게 두 손을 들게 하고 바닥에 무릎을 꿇렸다.

경관인지 형사인지 알 수 없는 그들은 끌려 온 학생들을 한 명씩 그들 앞에 세웠다.

학생들의 시위는 유인물을 고층 건물에서 아래로 뿌리는 것으로 시작된 것 같았다. 그들은 유인물 살포에 대해 캐고 있었다.

연숙은 형사에게 가방을 빼앗겼고 그는 가방을 뒤져 노트를 뒤적거렸다. 주소와 전화번호, 부모의 직업 등을 꼬치꼬치 캐묻던 형사가 그녀를 빤히 쳐다보았다.

"행당3동? 산동네 아냐? 꼭 이런 것들이 일을 벌여. 가진 것 없이 대가리에 먹물 들면, 이런 게 공장에 기어들어 가서 노동운동을 벌여. 이건 뭐야? 무고집멸도 ……무가애. 무가애고. 뭐야? 야, 뭐야? 이거?"

연숙은 굳이 《반야심경》이라고 설명하지 않았다. 아버지의 직업도 옆방에 사는 상철이 아버지의 직업인 타일 수리공으로 대답했다.

그녀는 자신은 아동복 가게의 점원이고 시위 같은 것은 모른다고 큰 소리로 말했다.

그것은 사실이었다. 종일 서서 드센 아줌마들과 옷값 흥정을 하고 아이들에게 일일이 옷을 입혔다 벗겼다 하는 자신과 대학생들의 시위는 동떨어진 일이었다.

소문대로라면 내세울 만한 빽이 없는 그녀 따위는 그들의 조작에 놀아날 수밖에 없는 처지였기에 연숙은 그곳을 빠져나가야 한다는 생각에 골몰했다.

옆 책상에 앉은 군복 입은 사내는 여학생 가방에 들어 있는 생리대를 보란 듯이 펼쳐 들고 킬킬거렸고, 겁을 주려는 듯이 꿇어앉은 상태인 남학생을 군홧발로 냅다 걷어차 고꾸라지게 했다.

연숙은 유치장에 갇히지 않았다. 주인집 전화로 연락을 받은 그녀의 엄마가 건넌방 아주머니를 앞장세우고 온 뒤, 담당 형사가 아주머니의 지인인 성동경찰서의 경감으로부터 전화를 받은 즉시 그녀를 훈방 조치하였기 때문이었다.

그녀는 악몽 속에서 깨어난 느낌이었다.

"죄송해요. 점원이라고 여러 번 말했는데."

"놀랐지? 지금은 스님들까지 잡아 가두는 세상이야."

아주머니는 손에 감아쥔 염주를 굴리며 말했다.

연숙은 이야기를 나누며 천천히 걷는 엄마와 아주머니를 뒤로하고 가파른 산동네 언덕을 달리듯이 올라갔다.
먼발치에 우뚝 서 있는 물탱크가 그날따라 거대한 괴물로 느껴졌다.

연숙이 가게에서 일을 마치고 돌아왔을 때, 그녀의 엄마와 아버지는 부엌의 소켓 등 아래에서 무언가 중얼거리듯 대화를 나누고 있었다. 며칠 만에 집에 들른 아버지는 부뚜막 위에 앉아 있었고, 아버지가 다 비운 김치말이대접이 솥단지 옆에 놓여 있었다.
그날 이후 연숙 엄마는 고모네에서 돈뭉치를 가져왔고, 반장과 통장네를 연신 들락거렸다.

몇 달 뒤 연숙 엄마는 동회에서 지방이주민 정착금을 받아왔고, 가족 모두 졸지에 서울을 벗어나 군사 접경지역인 철원으로 이사를 하게 되었다. 그 사실을 알게 된 날 밤 연숙은 지긋지긋한 집으로부터의 도주를 생각하느라 잠을 못 잤다. 아버지를 하늘로 여기는 엄마보다도 동생들을 남겨두고 혼자 이 수렁을 벗어날 수는 없었다. 가족에게 휘둘렀던 아버지의 폭력이 여전히 두려웠기 때문이었다.

244

철원으로 이사를 하는 날, 연숙은 이삿짐 트럭 뒤에 묶어 세워 둔 장롱 옆에 자리를 잡았다. 그녀는 트럭에 마구 실어놓은 짐처럼 쪼그리고 앉아 비포장도로의 흙먼지를 뒤집어쓰면서 몸서리를 쳤다.

그녀는 그날 이후 《반야심경》을 입에 올리지 않았다.

시대의 소용돌이는 그렇게 연숙의 이십 대를 한차례 휩쓸고 지나 갔었다.

윤종이 잠이 오는지 손으로 눈을 비벼대고 있었다. 윤종의 해맑은 눈에 잠이 가득했다.

연숙은 무릎담요를 가져와 윤종의 어깨에 둘러주었다.

"안 잘 건데. 하나도 안 졸리고, 엄마가 오니까요."

아이가 웃었다. 앞니가 빠진 천진난만한 웃음을 보던 연숙은 아이의 어깨를 안아 토닥여 주었다.

"엄마 오시면 깨워 줄게. 꼭. 알겠지?"

눈이 내릴 것 같은 날씨여서 피워 놓은 화목난로가 제법 뜨거워지고 있어 다행이었다. ■

나의 핸드폰 뒤에는 여학생이 그려준 아주 작은 내 캐릭터가 있다. 나는 그것이 혹여 떨어질까 싶어서 잘 간직하고 있다.

세대차가 엄청난 나와 소통하려고 하는 그 소녀의 신호를 나에 대한 지지라고 여기니 행복하다.

나는 오래 묵혀둔 내 이야기를 늘어놓으면서 입버릇처럼 말했다.
"고맙습니다."
내가 이 세상에 내준 것 없이 받은 게 많은 사람이란 것을 알 수 있었기 때문이다.

나는 나이를 먹은 만큼 순해져야 한다고 스스로 마음을 먹는다. 순하게 보고 순하게 듣고 순하게 말하다 보면 살아내느라 거칠어진 나를 조금씩 둥글릴 수 있지 않겠는가?

　　내가 사람들에게 늘 말하는 것을 여러분에게도 전한다.

　　"여러분은 소중한 사람입니다. 꼭 기억하세요."

새우와 고래가 함께 숨 쉬는 바다

박보인 작품집

엄마의 화초

지은이 | 박보인
펴낸이 | 황인원
펴낸곳 | 도서출판 창해

신고번호 | 제2019-000317호

초판 1쇄 인쇄 | 2024년 12월 09일
초판 1쇄 발행 | 2024년 12월 16일

우편번호 | 04037
주소 | 서울특별시 마포구 양화로 59, 601호(서교동)
전화 | (02)322-3333(代)
팩스 | (02)333-5678
E-mail | dachawon@daum.net

ISBN 979-11-7174-022-2 (03810)

값 · 17,000원

※ 이 도서는 강원특별자치도, 강원문화재단 후원으로 발간되었습니다.